Bruño

PARALELO CERO

Juan Ignacio Luca de Tena, 15
28027 Madrid

ISBN: 978-84-216-3621-3
Depósito legal: M. 49920-2008

PRIMERA EDICIÓN: mayo 1999
SEGUNDA EDICIÓN: septiembre 2000
TERCERA EDICIÓN: diciembre 2000
CUARTA EDICIÓN: septiembre 2002
QUINTA EDICIÓN: marzo 2003
SEXTA EDICIÓN: febrero 2004
SÉPTIMA EDICIÓN: marzo 2005
OCTAVA EDICIÓN: marzo 2006
NOVENA EDICIÓN: noviembre 2006
DÉCIMA EDICIÓN: junio 2007
UNDÉCIMA EDICIÓN: enero 2008
DUODÉCIMA EDICIÓN: noviembre 2008

PARALELO CERO

Directora de la colección:
Trini Marull

Edición:
Cristina González

Diseño:
Emilio Rebull

Cubierta:
José Francisco Parreño

PARALELO CERO

Likundú

Heinz
Delam

Capítulo primero

Despedida

POR muy fantástico e increíble que pueda parecer, lo que voy a relatar se inició de manera fortuita e inesperada, que es como suele iniciarse cualquier giro importante en el rumbo de nuestras vidas. Poco podía imaginar que aquella soleada mañana de mediados de julio, mientras salía de Bruselas por la autopista A-201, un cambio radical estaba a punto de producirse en mi vida. El aire turbulento irrumpía a bocanadas en el interior del coche, aire de ciudad cargado de olores familiares a asfalto caliente y a gases de tubos de escape. Conducía sin prisas, pues me sobraba tiempo para llegar al aeropuerto de Zaventem, donde debía despedir a Astrid. No me sentía realmente apenado por su marcha, supongo que aún no me daba cuenta de lo que nuestra separación podía significar para mí.

Todavía no.

Decir que Astrid era mi novia sería quizá un poco exagerado, pero salíamos juntos desde hacía algo más de dos años y su presencia en mi vida ya era algo natural. Ahora, justo cuando el largo curso académico tocaba a su fin, su marcha ensombrecía el panorama de mis vacaciones.

Una vez en el aeropuerto, no tardé en divisar la grácil figura de Astrid, inconfundible entre la pequeña multitud que se había agolpado junto a los mostradores de la compañía Sabena.

–¡Albert! –exclamó al verme–. Empezaba a temer que no llegarías a tiempo.

La voz de Astrid poseía un timbre dulce entremezclado con un deje ligeramente ronco, un contraste que siempre encontré fascinante. Me acerqué y la examiné de arriba abajo: vestía un sencillo traje de color salmón que dejaba al descubierto sus bonitas piernas. El pelo castaño y abundante rodeaba su rostro agradable y delicado, en el que destacaban unos ojos verdes de mirada intensa. Sus labios carnosos dibujaron una encantadora sonrisa.

–No digas eso, Astrid –protesté–. Por nada del mundo habría dejado de venir.

–Eso ya lo sé, tonto. Ven, te invito a tomar algo.

–Acepto.

Tras echar unas monedas en una máquina de refrescos, nos alejamos con sendas latas de zumo de piña en la mano y fuimos a sentarnos frente a las amplias cristaleras para poder contemplar el ir y venir de los aviones. Había poco tráfico a esas horas, y el Jumbo que me arrebataría a mi mejor amiga se encontraba aparcado a pocos metros, inmóvil sobre el cemento gris. Como un monstruo hambriento dispuesto a engullir a su presa.

Pero yo no era consciente de la amenaza.

–No llegarás a Kinshasa hasta la caída de la tarde, ¿verdad?

–Sí, es un vuelo largo y aburrido, pero voy preparada. Llevo buenos libros.

–Y aún te queda otro vuelo hasta Mbandaka.

–Pero ése es más divertido. Los aerotaxis vuelan bajo y disfrutaré del panorama de la selva vista desde el cielo. Esta noche podré descansar en el hotel Memling, que, aunque es antiguo y algo caro, sigue siendo el mejor de Kinshasa. Lo peor es el madrugón, pues el aerotaxi de Afritrans despega a las ocho del pequeño aeropuerto de N'dolo.

Kinshasa, Mbandaka, Afritrans, N'dolo... Palabras con sabor exótico que me producían un curioso cosquilleo en la boca del estómago. Tuve que esforzarme para impedir que aflorasen mis emociones. Yo podía estar ahora a punto de embarcar con ella rumbo al Congo[1], pero no había querido acompañarla. Nunca había entendido esa decisión de los padres de Astrid de irse tan lejos. Ella misma había vivido allí desde los dos años hasta los doce, cuando a su padre se le metió en la cabeza que la niña recibiría mejor educación en la vieja Europa. Desde entonces Astrid residía en casa de su tía Marguerite, que cuidaba de ella como si fuera su propia hija. Comprendí que debía estar agradecido por aquella decisión; de lo contrario, no nos habríamos conocido.

–Cualquiera diría que te alegras de marcharte –me quejé al ver su rostro radiante–. No parece que te importe mucho nuestra separación.

–Claro que me apena dejarte en Bruselas, pero debes entender lo mucho que añoro la compañía de mi familia.

---

[1] El antiguo Congo Belga pasó a llamarse República del Congo al alcanzar la independencia. Más tarde, el dictador Joseph Désiré Mobutu decidió que el país se llamaría Zaire, situación que perduró hasta el año 1997, cuando el nuevo presidente, Laurent Kabila, recuperó el antiguo nombre, quedando como República Democrática del Congo.

También añoro el colorido y la intensidad de la naturaleza africana, y estoy contenta de poder pasar unos días allí.

–¿Unos días? ¡Nada menos que dos largos meses! –protesté–. Y encima te marchas cuando empiezan las vacaciones. No es justo.

Astrid bebió un largo sorbo de su lata de piña y me habló con la mirada perdida en la lejanía:

–Te invité a que vinieras conmigo. A mis padres les habría encantado tenerte como huésped.

Inquieto, me puse a juguetear con la lata vacía del refresco, consciente de mi propio egoísmo. Quería permanecer junto a Astrid, pero no estaba dispuesto a viajar hasta un aburrido lugar del fin del mundo para estar con ella.

–Los míos nunca me lo permitirían –me defendí–. Sobre todo después de las noticias que llegan de ese país.

–¿Acaso les has preguntado? –sus ojos acusadores se clavaron en los míos y me obligaron a apartar la mirada–. La situación no es tan grave; ya ves que a mis padres no les importa que yo vaya.

–Pues sería mejor que te quedaras –me atreví a sugerir–. Estarías más segura en Europa.

–No te preocupes, no me pasará nada: esa región siempre ha sido tranquila desde el punto de vista político. A veces pienso que es más peligroso vivir aquí; no hay más que ver lo que ocurrió la otra noche en casa de mi tía. Menudo susto nos dieron.

–¡Ah! Lo había olvidado. ¿Has sabido algo de la policía?

–Nada nuevo. Aseguran que se trata de un vulgar intento de robo domiciliario, algo bastante frecuente en los meses de verano. Es una suerte que la miedosa de mi tía Marguerite hubiese hecho instalar una puerta blindada digna de la cámara acorazada de un banco.

–Reconozco que en la civilización también estamos expuestos a ciertos riesgos, pero aquello es diferente. Mi amigo Bertrand Fougain también es un buen conocedor del Congo, y dice que allí se vive de manera insegura, bajo la amenaza permanente de algún desastre...

–No me interesa lo que opine tu amigo. Yo también he estado allí, y lo único que me ha preocupado estos días es el rumor de que las compañías aéreas iban a suspender sus vuelos a Kinshasa...

–A causa de la explosiva situación que vive el país, claro.

–Siempre exageran –su mirada se tornó distante cuando añadió–: Me tranquiliza pensar que al menos tú te quedarás en el confortable y seguro corazón de la vieja Europa.

–No digas eso. Tienes que comprender que no todos tenemos ese espíritu aventurero que compartís tú y tu familia. ¿Es acaso un crimen querer vivir tranquilo en la ciudad que te ha visto nacer?

–Desde luego que no. Tienes derecho a vivir como quieras, pero yo también tengo ese mismo derecho. ¡Ah! Antes de que se me olvide: hace tiempo que quiero darte algo.

Tras escarbar unos segundos en su bolso, colocó ante mis narices dos curiosas figuritas de malaquita exquisitamente talladas. Cada una representaba un cocodrilo devorando su propia cola, y estaban tan bien hechas que parecían cuerpos fósiles atrapados en la piedra.

–¡Qué bonitas! –impresionado por la delicadeza del trabajo pregunté–: ¿Proceden del Congo?

–Sí. Me las regaló mi padre, y me advirtió que eran especiales. No se trata de la típica artesanía que se vende en los mercadillos para turistas. Son algo diferente, probablemente con gran valor místico para los que las tallaron. Si te fijas bien, verás que antes formaban una sola pieza que debió de partirse por accidente.

Astrid los enfrentó boca con boca. Al juntar las tallas, ambos cocodrilos se prolongaban el uno al otro formando una nueva figura.

–Juntos forman un ocho –dije.

–O el símbolo del infinito. Basta con girarlos noventa grados… ¿Ves? Así me gusta más.

–Dudo que el africano que realizó este trabajo conociera el símbolo del infinito.

Astrid se encogió de hombros y me tendió uno de los cocodrilos.

–Tal vez sí, o tal vez no. Toma, te regalo éste, que es el macho –aclaró–. Mi padre cree que son una especie de símbolo mágico utilizado por brujos del clan *Limbaku* del Congo.

–No puedo aceptarlo –protesté–. Se trata de un recuerdo de tu padre.

–Me gustaría que te lo quedaras. Si quieres, puedes devolvérmelo cuando regrese. Hasta entonces, esta parejita de cocodrilos permanecerá separada; separada mientras nosotros lo estemos.

–De acuerdo –volteé la figura, cuya base era completamente lisa y pulida–. ¿Y cómo sabes que el mío es el macho?

–Porque es el más cabezota de los dos –rió ella–. Y no se te ocurra perderlo, pues su novia se enfadaría mucho.

–Te voy a echar de menos –susurré con un nudo en la garganta.

–Yo también –añadió ella, abandonando su sonrisa–. Ya que no se puede telefonear desde Mbandaka, te mandaré un telegrama en cuanto llegue. Y tú, recuerda que me has prometido escribir al menos una vez por semana. ¿Lo cumplirás?

–Claro... Cuídate mucho –tomé su mano entre las mías y la acaricié–. Procura no bañarte en el río de aquella zona. Creo que en sus aguas pululan animalitos como éstos, pero de siete metros de longitud y muy hambrientos.

En ese momento los altavoces avisaron que había llegado la hora de embarcar. Nos abrazamos con premura, y durante unos breves segundos pude sentir la esencia de su ser cálido y vibrante junto al mío. No sospechaba en ese momento la cantidad de veces que volvería a revivir aquel efímero instante en los días venideros; la tibieza de su cuerpo, la textura de su piel entre mis dedos, su fragancia invadiendo mis pulmones..., detalles que habrían de torturarme a lo largo de terribles noches de insomnio.

Minutos más tarde, y tras la retirada del *finger* por donde habían embarcado los pasajeros, la pesada mole de aluminio comenzó a rodar sobre el recalentado hormigón. Se trataba de un avión como tantos otros que despegan o aterrizan en cualquier lugar del planeta, pero había algo que lo hacía diferente para mí: ella estaba en su interior.

El aparato se alejó con lentitud hacia el extremo de la pista, donde dio media vuelta y se quedó inmóvil, como si evaluara las posibilidades de alzar el vuelo antes de emprender la veloz carrera que lo elevaría al cielo. Poco después, envuelto en el ronco bramido de sus poderosos reactores, el Jumbo despegó justo delante del lugar donde yo me encontraba.

Ignoro cuánto tiempo permanecí allí, pegado al cristal, con la mirada perdida en el azul infinito, contemplando una silueta alada que se empequeñecía por momentos hasta desaparecer.

Cansado y deprimido llegué a mi casa y lo primero que hice fue tumbarme en la cama. Cerré los ojos y permanecí así mucho rato, rumiando mi frustración. De pronto noté que algo duro se estaba clavando en mi costado, y recordé la figurita que Astrid me había regalado. La saqué del bolsillo para contemplarla, pero al primer vistazo casi se me escapa de las manos.

Había cambiado de color.

La transformación del pequeño cocodrilo de malaquita era tan llamativa que incluso dudé de que se tratara del mismo objeto: el verde veteado de la malaquita había sido reemplazado por un oscuro rojo sangre. Estaba tan absorto contemplando la variación sufrida por la estatuilla, que no me percaté de la presencia de mi madre en la habitación:

–¿Qué es eso que miras tan embobado? –preguntó de repente–. Parece una lagartija.

Me volví sobresaltado.

–Es... Es un amuleto africano que me ha regalado Astrid –tartamudeé–. Pero antes era verde.

–Entonces no será una lagartija, sino un camaleón –sentenció ella girando sobre sus talones, y mientras se alejaba por el pasillo añadió–: Anda, ven a la mesa, que te estamos esperando para comer.

Si hay algo que siempre he admirado (y a veces odiado) en mi madre, es su capacidad para trivializarlo todo. Dejé el supuesto talismán del clan de los brujos *nosequé* sobre la mesa de mi habitación y decidí ponerme en contacto con alguien que conocía bien el Congo. Mi amigo y antiguo profesor de música había residido allí durante muchos años, y actualmente vivía en Bruselas junto a su esposa congoleña. Se mostró inquieto cuando le referí los cambios de color del objeto.

–Por lo que me cuentas, podría ser un *nkisi*[2] –dijo.

–¿Un qué?

–Un objeto mágico africano. Si quieres, ven a verme y me lo enseñas, pero ten cuidado con esas cosas.

–¿No lo dirás en serio?

–Completamente en serio. Hace mucho que no nos vemos, así que podrías venir a casa para hablar del asunto. Mañana por la mañana no tengo nada que hacer.

–Yo tampoco.

–Ya sabes que desayunamos temprano. Si por una vez madrugas, llegarás a tiempo de saborear los buñuelos de Ivette, esos buñuelos africanos que tanto te gustan.

–Me parece buena idea. Así me cundirá el día.

Colgué el teléfono, extrañado por el tono preocupado que me había parecido percibir en la voz de mi amigo Bertrand; él siempre hablaba del Congo con alegría y entusiasmo. Perplejo por su actitud, me encaminé resignado hacia el comedor.

Aquella noche tardé mucho tiempo en dormirme. Daba vueltas y más vueltas en la cama, con el recuerdo de Astrid dominando mis pensamientos. Ella siempre me había contado extrañas historias acerca de aquellas tierras, hermosas unas y terribles otras, pero siempre fascinantes. Ahora imaginaba a la propia Astrid en un desconocido paisaje de palmeras, papayos, mangos y buganvillas, rodeada de una atmósfera densa y perfumada, mezclada con gentes risueñas de piel oscura y ropas de vivos colores. Por primera vez deseé estar allí y compartir con ella las sensaciones de un continente tan distinto al nuestro. Al final conseguí dormirme, pero mis espejismos africanos se prolongaron a

---

[2] *nkisi:* objeto mágico. También «medicina» o «lo que cura».

través de sueños inquietantes y molestas pesadillas cuyo contenido ya he olvidado.

Lo que sí recuerdo es que me desperté bañado en sudor y con el pulso latiendo a un ritmo endiablado. Me incorporé en la cama con todos los músculos en tensión y los sentidos alerta, porque la pesadilla continuaba: algo extraño estaba sucediendo en medio de las tinieblas que inundaban la habitación. De algún lugar invisible surgía un sonido suave y persistente:

–*Brombrooommm... Brombrooommm...*

Con mano temblorosa encendí la luz de la mesilla, cuyo cálido resplandor devolvió sus contornos familiares a los muebles y objetos de mi cuarto. Pero el ruido seguía allí:

–*Brombrooommm... Brombrooommm...*

Me levanté y caminé despacio hasta la mesa, donde algo se movía con aparente vida propia: la figurilla de malaquita giraba sobre sí misma como si fuera un pequeño trompo escarlata. Me pellizqué. Quería asegurarme de que estaba despierto. Abrí la boca para llamar a gritos a mis padres y que contemplaran el prodigio, pero ningún sonido brotó de mi garganta. Estaba paralizado, hipnotizado por aquel movimiento misterioso. Al cabo de un tiempo cuya duración no podría precisar, el pequeño cocodrilo por fin quedó inmóvil. Tardé un buen rato en atreverme a tocarlo, y cuando lo hice, fue con sumo cuidado, posando la yema del dedo índice sobre la pulida superficie.

No ocurrió nada.

Intenté entonces hacerlo girar de nuevo, pero la figura se mostraba reticente a cambiar de orientación, regresando siempre a su posición cada vez que intentaba apartarla de ella. Fui a buscar una brújula, que no hizo sino confirmar lo que ya sospechaba: la cabeza del animal apuntaba hacia el sur.

Hacia el corazón de África.

Capítulo segundo

El brujo de Matonge

A la mañana siguiente me desperté temprano y con un fuerte dolor de cabeza. Recordé el prodigio de la noche anterior, que ahora se me antojaba un mal sueño, y ni siquiera quise contárselo a mis padres. De todas formas no me habrían creído; incluso imaginé los posibles comentarios de mi madre: «A lo mejor resulta que tampoco es un camaleón, sino una especie de peonza.»

Mi amigo Bertrand me recibió en su piso situado a pocas manzanas del mío. La vivienda estaba profusamente decorada con objetos africanos, en su mayoría instrumentos que me trajeron a la memoria sus clases de música, cuando se empeñaba en enseñarnos melodías y ritmos bantúes que iban desde los solos de *likembé*[3] de los *bakongo*[4] hasta los

---

[3] *likembé:* instrumento musical parecido a un arpa con láminas metálicas que se pulsan con los dedos.

[4] *bakongo:* etnia que habita en la región del bajo Congo hasta su desembocadura en el océano Atlántico.

polifónicos coros de los pigmeos Baka. Su mujer congoleña era joven y risueña, y enseguida me ofreció un desayuno a base de café y los famosos buñuelos cuyo sabor especial tanto me entusiasmaba.

–Están hechos con aceite de palma –explicó ella–. Aquí, en Bruselas, se pueden encontrar muchos de los ingredientes de la cocina tradicional congoleña.

–Bueno, ya está bien de buñuelos –atajó mi amigo Bertrand–. Albert ha venido para enseñarnos algo. ¿Lo has traído?

–Claro. Y, por cierto, esta noche me ha dado un par de sustos.

Me limpié la grasa de los dedos en la servilleta y saqué la figura de malaquita de mi bolsillo, dejándola sobre la mesa. Bertrand extendió la mano para cogerla, pero su mujer lanzó un grito de advertencia:

–¡No lo toques! –gritó–. Es un *nkisi*.

–Ya lo sé –respondió él tratando de calmarla–. Sólo pretendo echarle un vistazo.

Ella se había apartado de la mesa, y negaba con la cabeza mientras señalaba asustada el pequeño objeto oscuro que destacaba sobre el mantel.

–Es un *nkisi* –repetía–, y no sabemos si es bueno o malo. Podría traernos desgracias. Por favor, Albert, llévatelo de nuestra casa.

Bertrand me rogó que lo guardara y me pidió disculpas por el comportamiento de su mujer.

–Debes perdonar a Ivette, pero no seré yo quien me ría de sus temores. Hace tiempo lo habría hecho, pero no ahora. He vivido demasiado tiempo en África... Y he visto ya demasiadas cosas que no tienen explicación...

–Y, entre todas esas cosas, ¿recuerdas alguna parecida a ésta?

–Nunca. Confieso que no sé lo que es. Conozco muchos tipos de artesanía y objetos de culto africanos, pero jamás había visto nada igual.

Guardé mi amuleto y me dirigí a la puerta. Ivette se acercó y me suplicó que la perdonara:

–Es probable que sea un *nkisi* bueno, pero hay que tener cuidado con esas cosas si uno no sabe lo que representan.

Ya me disponía a bajar la escalera cuando Ivette me retuvo.

–Te sugiero que visites Matonge –propuso–. ¿Lo conoces?

Asentí; todo el mundo en Bruselas ha oído hablar de Matonge, el barrio donde reside la mayoría de los congoleños de la capital, muchos de ellos estudiantes.

–Tengo allí varios amigos –prosiguió–, y me han dicho que ahora hay un poderoso *nganga*[5], un brujo recién llegado de África; tal vez él te pueda aclarar las cosas. Desconozco su dirección, pero se llama Mbele Libunga, y es un *elumbu,* un albino. No tendrás dificultades en dar con él. Aunque te advierto que tengas cuidado. Algunos dicen que es un brujo de los que se dedican a *likundú*[6] *mobomi.*

–¿A qué?

–A sortilegios malignos.

Cuando abandoné la casa de mi ex profesor tenía las ideas algo confusas. Pero al menos sabía cuál era el siguiente paso que debía dar.

---

5 *nganga:* brujo o hechicero.

6 *likundú:* según el diccionario Bangala-Francés-Lingala de Edema Atibakwa Baboya, se conoce con el nombre de *likundú* cierto órgano suplementario que poseerían los brujos, y que les permitiría modificar el destino e incluso matar. Por extensión, se llama *likundú* a determinadas formas de magia, encantamientos y maleficios.

Ivette tenía razón. No tuve dificultad alguna en dar con el paradero del brujo: todo el mundo en Matonge lo conocía. Me extrañó, sin embargo, que algunas de las personas a las que pregunté parecieran asustarse con sólo escuchar el nombre del hechicero. El domicilio de Libunga estaba situado en el segundo piso de un destartalado inmueble casi en ruinas. El timbre no parecía funcionar, así que llamé repetidas veces con los nudillos. Cada vez más fuerte. El eco de mis golpes se perdía en los profundos recovecos de aquel edificio ruinoso sin que ningún otro sonido delatara la presencia del misterioso inquilino. Nervioso, consulté mi reloj: eran las diez y media de la mañana. Decidí marcharme para volver más tarde.

En ese instante la puerta se abrió de golpe y me encontré por primera vez frente a Mbele Libunga.

Nunca antes había visto un *elumbu,* un negro albino, y su aspecto me sorprendió. Tenía los rasgos y facciones propios de la raza negra, pero su piel era blanca como la leche. El iris que rodeaba sus pupilas ofrecía un tono rojizo que apenas destacaba del amarillo anaranjado del pelo y de la barba. Guiñaba continuamente los ojos, como si estuviera deslumbrado por una luz cegadora. A pesar de su espectacular falta de pigmentación, la figura del *nganga* distaba mucho de la imagen terrible que yo había imaginado. Se trataba de un hombre de mediana estatura, cuyo cuerpo flaco y desgarbado desaparecía bajo los pliegues de una amplia túnica de vivos colores. Llevaba el pelo largo y enmarañado formando una voluminosa aureola azafranada en torno a su rostro marchito. Con un movimiento de su mano lechosa me invitó a entrar.

La vivienda estaba casi vacía; una destartalada mesa y dos sillas componían todo su mobiliario. Únicamente las paredes estaban recubiertas de estantes y repisas que exhibían toda una colección de objetos extraños. No había luz eléctrica, y un par de quinqués de petróleo difundían una luz mortecina y vacilante. Me fijé en unas curiosas estatuillas que destacaban por sus vientres hinchados: algunas de ellas aparecían acribilladas por montones de clavos de diversos tamaños. También colgaban diversos receptáculos de madera o de barro recubiertos con plumas de ave, adheridas mediante una sustancia pardo-rojiza que muy bien podía ser sangre seca.

Libunga me ofreció una de las desgastadas sillas y él se sentó en la otra, frente a mí. Torció la boca en una mueca que pretendía ser una sonrisa y habló sin dejar de taladrarme con su mirada insondable:

–No es muy normal que un *mondele*[7] venga a verme –dijo en un francés gutural–, pero esto es *Mpoto,* Europa, el país de los *mondele.* Supongo que alguna vez tenía que ocurrir. ¿Cuál es su problema?

La voz de aquel hombre sonaba como el chirrido de un engranaje mal engrasado, un sonido rasposo que retumbaba de manera inquietante entre los anaqueles repletos de fetiches. Sentí un súbito deseo de salir corriendo de allí, pero recordé a qué había venido e hice un esfuerzo por dominarme. Tras aclararme la garganta, empecé a hablar con voz insegura:

–Tengo un objeto africano que podría ser... mágico. Un *nkisi,* creo que lo llaman ustedes. Necesito saber cómo funciona y para qué sirve...

–Un *nkisi,* dice usted –sonrió de nuevo–. Está bien, enséñemelo.

Al introducir la mano en el bolsillo me llevé una sorpresa: la figurilla estaba tan caliente que casi quemaba. La solté sobre la mesa con un gesto brusco.

---

[7] *mondele:* hombre blanco o europeo.

–¡Uf! –exclamé–. No me lo explico, pero esto abrasa.

A la vista del objeto, la mandíbula inferior del brujo pareció desencajarse y sus ojos saltones se desorbitaron. Durante unos segundos permaneció con tal expresión de asombro que resultaba casi cómico.

–*Ndambo ya keta-konza* –murmuró entre dientes.

Luego, tras unos segundos de silencio, el brujo hizo un visible esfuerzo por recuperar la compostura:

–Esto es un objeto mágico muy poderoso –ahora era la voz del hechicero la que sonaba insegura–. Está ardiendo debido a la proximidad de mi *likundú.*

Toda la atención de Libunga parecía pendiente de la estatuilla, y hablaba como si lo hiciera consigo mismo, ignorando mi presencia. Su mirada exploraba con detenimiento y veneración el objeto, y sus manos recorrían sus contornos, aunque sin atreverse a tocarlo. En un momento dado tuve la extraña sensación de que la miniatura se retorcía un poco cada vez que la mano del brujo se aproximaba a ella.

–*Keta-konza akomi na ngai* –murmuraba entre dientes.

De pronto, Libunga salió de su trance y me miró con tal fiereza que estuve a punto de caerme de la silla. A pesar de la escasa luz reinante, sus ojos hacían más guiños que nunca.

–¡Tiene que haber otro igual que éste! –exigió sin despegar apenas los labios–. Son piezas inseparables, ¿comprende?

–Com… prendo.

–¿Tiene usted la otra mitad? –preguntó con voz cargada de ansiedad.

–La lleva encima una amiga mía; fue ella quien me regaló ésta. Pero ahora está lejos… Salió ayer hacia África.

–Mmm... Nunca debieron separar las dos mitades. Ahora ella corre un grave riesgo –puso los ojos en blanco–. Puedo verla: vuela a bordo de un pequeño avión, y su vida está en peligro.

Sus palabras me hicieron brincar de espanto.

–¿De verdad sabe dónde se encuentra Astrid? –la emoción me atenazaba la garganta–. ¿Está usted seguro de que corre peligro?

–A través del *ndambo*[8] hembra puedo sentir lo que le transmite su pareja, el macho. Puedo ver los sufrimientos de su amiga reflejados en él.

–Yo creía que éste era el macho –me extrañé–, pero supongo que da igual.

–El macho es el otro, el que tiene su amiga, y no da igual. En cualquier caso, *monsieur,* se trata de algo muy peligroso que usted no es capaz de controlar. Podría hacerles mucho daño a ustedes dos. Debe dejármelo a mí para que pueda ayudar a esa desgraciada chica, o de lo contrario ella morirá. Ya está muy cerca de la muerte en estos momentos. Puedo presentirlo.

Había algo en la mirada de aquellos ojos descoloridos que me hizo retroceder espantado. Comprendí que la personalidad de Libunga era compleja y sobrepasaba con creces los límites de su estatura física. Aun así, me resistí a obedecerle. Reuniendo el poco valor que me quedaba, extendí la mano hacia el talismán y lo sujeté con fuerza. La mano de Libunga reaccionó con la celeridad de una serpiente y me agarró la muñeca. Podía sentir la sudorosa y áspera presión de sus dedos sobre mi piel. Al mismo tiempo, la temperatura del talismán me abrasaba la palma de la mano.

---

8 *ndambo:* fracción o mitad de algo.

Pero me mantuve firme.

El objeto resplandecía, tal vez debido a una ilusión óptica. Durante un instante permanecimos frente a frente, petrificados en un mudo desafío que yo estaba seguro de acabar perdiendo. Únicamente el recuerdo de Astrid me infundía el valor necesario para resistir aquel espantoso enfrentamiento. Sabía que me quedaba poco tiempo: la mirada vidriosa de los ojos impenetrables del hechicero se iba adueñando poco a poco de mi voluntad. Empecé a sentir ganas de rendirme, de entregar el talismán y poner fin a la situación, de liberarme del fuego que quemaba mi mano...

Nunca sabré de dónde saqué fuerzas para hacer lo que hice. Ni siquiera estoy seguro de haber sido dueño de mis actos en esos últimos segundos que pusieron fin a mi visita al cubil de Mbele Libunga. Lo único que recuerdo es haber liberado mi muñeca de un violento tirón y haber corrido hacia la puerta, derribando la silla y aullando de terror. Cuando bajaba las escaleras pude oír a mis espaldas la voz chirriante del brujo:

–Se arrepentirá de su error, *monsieur.* No tiene usted ni idea de la cantidad de problemas que su actitud le puede acarrear.

Todavía alterado por lo ocurrido, llegué a mi casa y me tumbé en la cama. Yo no creía en brujerías. No podía. Seguramente ese Libunga utilizó alguna técnica hipnótica conmigo. Así es como debía de funcionar su magia... Pero tuve que reconocer que era muy bueno: había logrado asustarme con eso del peligro que corría Astrid.

Consulté mi reloj de pulsera: eran las once y media. Astrid estaría volando tranquilamente camino de Mbandaka, a punto de llegar a su destino. Con la mirada fija en las manecillas, recordé que aquel reloj me lo había regalado ella al poco de conocernos; según dijo entonces, pretendía remediar mi fea costumbre de llegar siempre tarde a todas las citas. Respiré hondo y me relajé. El resto de la mañana transcurrió aburrida y con engañosa quietud.

En realidad, la calma que precede a la tempestad.

Capítulo tercero

La noticia

RESUELTO a olvidar definitivamente todo aquel desagradable embrollo de brujos y *nkisi,* decidí apartar el objeto de mi vista y encerrarlo bajo llave en un cajón del escritorio. Aunque parezca ridículo, reconozco que respiré aliviado al saberlo a buen recaudo. A continuación me dispuse a disfrutar de la magia del hombre blanco y encendí la televisión.

Era ya media tarde cuando mi madre irrumpió en la habitación con el rostro descompuesto y me tendió el teléfono inalámbrico sin mediar palabra. Enseguida reconocí la voz áspera de Marguerite de Villers, la hermana del padre de Astrid.

–¿Albert? Soy la tía de Astrid. Han llegado malas noticias del Congo.

Tuve que aclararme varias veces la garganta; mis cuerdas vocales se negaban a funcionar.

–¿Ha dicho malas noticias? –acerté a preguntar–. ¿Tienen que ver con Astrid?

–Me temo que sí. Nos han avisado a través de la embajada en Kinshasa: el avión que hacía la ruta entre Kinshasa y Mbandaka no ha llegado a su destino. Se cree que ha podido estrellarse en la selva, y el nombre de Astrid figura en la lista de pasajeros.

–No ha llegado a su destino… –repetí mecánicamente.

Las alarmantes palabras de Marguerite sonaban en mi oído con el rechinante acento del brujo albino, cuya amenaza rondaba mi memoria.

–A las dos de la tarde se ha dado por desaparecido el aparato, al haberse agotado su autonomía teórica. Nos han dicho que se pondrán en contacto con nosotros en cuanto haya noticias de los pasajeros… Lo siento, Albert –añadió con un hilo de voz–. Yo estoy destrozada.

Después de colgar el teléfono me quedé inmóvil. Por inesperada, la noticia me había dejado aturdido, sin capacidad de reacción. Mi madre se sentó a mi lado y rodeó mi cuello con su brazo.

–Venga, hombre. Ya verás cómo encuentran pronto ese avión y todo se queda en un buen susto.

Lo primero que hice cuando mi madre me dejó solo fue abrir el cajón y colocar el cocodrilo de malaquita sobre la palma de mi mano. Su aspecto había cambiado una vez más, presentando ahora un tono azul profundo. Había dejado de moverse, y la superficie de la piedra resultaba fresca y agradable al tacto, transmitiéndome cierta sensación de serenidad que contrastaba con sus anteriores manifestaciones. ¿Habría estado intentando avisarme del desastre que se avecinaba?

Mi raciocinio rechazaba de plano aquella explicación sobrenatural, pero mis sentimientos se aferraban a ella. El sosiego que emanaba del objeto me predisponía a albergar una esperanza. Me daba cuenta de lo absurdo que resultaba admitir un comportamiento intencionado por parte de un simple pedazo de carbonato de cobre. Sin embargo, fue a través de aquel fragmento de piedra tallada como llegué al convencimiento de que Astrid aún estaba viva. Tanto es así, que mi madre se extrañó del repentino cambio en mi estado de ánimo.

–Pues sí que te has animado pronto. Me alegra verte así.

–He tomado la decisión de viajar al Congo.

Mi madre se quedó boquiabierta.

–¿De dónde has sacado semejante idea?

–Mamá, no pienso quedarme de brazos cruzados. Voy a intentar averiguar lo que ha pasado con ese avión. ¡Tengo que ir!

–Me temo que un viaje así, además de peligroso, sería inútil. Dondequiera que esté, ese avión se encuentra a más de seis mil kilómetros de distancia, en el interior de un país donde no hay carreteras, ni teléfono, ni...

Mi padre acababa de entrar y se acercó a nosotros con aire preocupado.

–¡Ya está bien! –protestó–. Deja que el chico investigue lo que quiera, si eso le hace sentirse mejor –y dirigiéndose a mí añadió–: No sé si dices en serio lo de viajar hasta el lugar del accidente, pero me parece más sensato agotar todos los recursos antes de tomar una decisión tan drástica. Viajar a la selva africana es mucho más complicado de lo que tú te piensas.

Siguiendo los consejos de mi padre, hice mis primeras indagaciones sin moverme de casa, a través de la embajada de Bélgica en el Congo. No fue fácil. Primero tuve que averiguar el número de teléfono de la propia embajada; me lo proporcionaron en el Ministerio de Asuntos Exteriores. Luego la compañía telefónica me facilitó la larga serie de prefijos necesarios para obtener la comunicación. Por último, la cansina voz de una operadora me pidió que tuviera paciencia... Comprendí que la broma me iba a salir por un ojo de la cara en conferencias, pero en aquellos momentos ésa era la menor de mis preocupaciones. Tras una espera interminable, por fin resonó en el auricular la voz inexpresiva de una funcionaria de la sede diplomática:

–Marie Chanterelle al habla. ¿Qué desea?

–Quiero información sobre el accidente del avión que...

–¿Puedo saber quién es usted? –interrumpió.

–Me llamo Albert Huigens, y llamo desde Bruselas –respiré hondo y repetí nuevamente–: Quisiera información acerca de un avión con destino a Mbandaka, el que se ha... El que ha desaparecido. Soy familiar de una pasajera llamada Astrid de Villers...

–¿Qué grado de parentesco guarda usted con esa persona?

–Soy su novio. Estábamos a punto de casarnos –mentí con descaro.

–Hum, comprendo. Lamento decirle que todavía no tenemos noticias concretas. Y para serle sincera, señor Huigens, creo que es posible que tardemos horas, tal vez días, en recibirlas.

–¿Qué me dice? –me indigné–. Han pasado ya varias horas. ¿Acaso no se ha iniciado una búsqueda del aparato?

–Esto es África, señor; aquí las cosas funcionan a otro ritmo –la mujer parecía nerviosa y hablaba atropelladamente–. Además, el país está al borde de una nueva guerra civil, y el gobierno considera más importantes otros asuntos que buscar una avioneta perdida en la selva. No obstante, haremos todo lo que esté en nuestra mano para que se organice una búsqueda. Hasta que no se hallen los restos del aparato no sabremos lo que ha sucedido ni el estado en que se encuentran los pasajeros.

Tras unos segundos de vacilación, la voz de la funcionaria pareció ablandarse un poco:

–No se preocupe, señor Huigens. Ya verá cómo todo se soluciona. Le aconsejo que tenga paciencia. Si me deja su número de teléfono, me ocuparé personalmente de avisarle cuando sepamos algo.

Al colgar el teléfono, un montón de ideas siniestras se arremolinaban en mi mente. Aún podía sentir a Astrid entre mis brazos, palpitante de vida. No necesitaba cerrar los ojos para revivir la alegría de su sonrisa; el aroma de su pelo aún perduraba en mi olfato..., y su voz, aquel timbre dulce y ronco a la vez, resonaba en mis oídos... Me puse en pie de un salto, incapaz de soportar aquella dolorosa avalancha de recuerdos.

Por la noche me vi inmerso en otro tipo de pesadilla, esta vez tan vívida y detallada que no he podido olvidarla: sin saber cómo, me encontré vagando en medio de un paisaje desolado y lóbrego donde ni un solo rayo de sol parecía capaz de abrirse paso hasta el suelo enfangado. Una bruma grisácea difuminaba los contornos de los grandes árboles, cuyos troncos rugosos brotaban en medio de enmarañadas raíces retorcidas. A través de las ramas altas se movían sombras oscuras, aves de velado plumaje cuyos graznidos lastimeros eran los únicos sonidos que desgarraban el mortal silencio. Durante un tiempo que se me antojó eterno seguí avanzando, bañado por una llovizna fina y desagradable que me calaba hasta los huesos. Avanzaba despacio, dando trompicones en la penumbra y lacerándome la piel con las púas de unos desagradables arbustos espinosos que crecían por doquier. Tenía que prestar atención al mover los pies para no pisar las gruesas arañas velludas que correteaban sobre la hojarasca semipodrida. Me sentía desorientado, extraviado sin remedio en un paraje infernal que parecía no tener fin. Desconocía la razón de mi presencia en aquel lugar espantoso y me sentía incapaz de recordar cómo se había iniciado mi desgracia, aunque el estado deplorable de mi ropa parecía indicar que llevaba allí mucho tiempo, tal vez días, o incluso semanas, meses…

De repente, un objeto alargado de brillante metal surgió ante mí como un absurdo obelisco plantado entre el enmarañado follaje: se trataba del desvencijado fuselaje de un avión. Me acerqué con precaución a los restos del aparato: el aluminio abollado estaba cubierto por los residuos de la vegetación arrancada durante el impacto, y el patético muñón que emergía de su costado señalaba el lugar donde estuvo implantada una de sus alas, de la que no se veía ni rastro. Tampoco había señales de sus ocupantes, ni se oía ningún sonido procedente del interior. A punto de asomarme por el bostezante hueco de la portezuela entreabierta, me detuve al escuchar el brusco rumor de un aleteo sobre mi cabeza: se trataba de uno de aquellos repugnantes pajarracos, que acababa de posarse en una rama a pocos metros de distancia. Desde allí, inmóvil, el ave me observaba con expresión inescrutable. Me fijé en un curioso dibujo blanco sobre la cabeza del animal que, visto desde la distancia a la que me encontraba, le otorgaba la turbadora apariencia de una calavera humana. Cuando al fin pude recuperar la compostura y asomarme de nuevo por la abertura del fuselaje, descubrí con horror la presencia de un cuerpo desgarrado que yacía desmadejado entre el confuso caos que reinaba allí dentro. En medio de asientos volcados, paneles y revestimientos arrancados y hierros retorcidos, el rostro de aquel cadáver me contemplaba desde la inexpresiva mirada de sus ojos muertos. Sentí que mi corazón dejaba de latir y la sangre se helaba en mis venas al reconocer aquel rostro ya putrefacto. Desde el exterior llegaba a mis oídos el espeluznante graznido del pajarraco, que sonaba como una risa seca e inexpresiva.

Me desperté gritando y encendí la luz. Pero el sonido de mi sueño seguía presente:

Procedía del cajón de mi escritorio.

Llamé por teléfono a Bertrand. Él era el único a quien podía confiar lo ocurrido en Matonge: debido a su larga estancia en África, mi amigo escuchaba siempre con atención estas cuestiones. En este caso se mostró además muy apenado cuando le puse al corriente de las noticias:

–Yo conocí a Astrid de Villers en el Congo, cuando apenas era una niña –dijo pensativo–. Incluso fui amigo de Laurent, su padre. Es terrible.

–Bueno, de momento sólo se sabe que el avión no ha llegado a su destino. Puede haberse desviado a otro aeropuerto, o haber realizado un aterrizaje de emergencia…

El tono de voz de mi antiguo profesor se tornó aún más sombrío cuando dijo:

–Sé por experiencia que la selva engulle los aviones y los digiere. Jamás los devuelve. No creas que me agrada tener que decirte esto, pero tampoco sería bueno alentar falsas esperanzas. Lo más probable es que esa desdichada muchacha haya muerto y, créeme, sería lo mejor para ella. De estar viva tendría que soportar una terrible agonía en la selva.

–Te agradezco tu sinceridad, Bertrand, pero estoy cada vez más convencido de que ella vive.

–¿Y qué te hace pensar eso?

–La figurita que te enseñé cuando estuve en tu casa. Astrid llevaba otra igual. Ahora, cuando me quedo a solas con este, eh..., *nkisi* en la mano, percibo sensaciones y pensamientos que estoy seguro proceden de ella. Noto su presencia dentro de mí, siento que está viva. Aunque también intuyo que tiene dificultades y que necesita mi ayuda.

–Sería como si este talismán pudiera comunicarse de algún modo con el de ella –Bertrand exponía una posibilidad tan increíble con la mayor naturalidad–. No me extrañaría que existiera un vínculo mágico entre ambos. Un vínculo mágico que los mantiene unidos a pesar de la distancia. Magia africana –concluyó.

–¿Lo dices en serio?

–Un africano me dijo una vez: *eloko ezali ya soló soki oyambisi yangó* («cualquier cosa es cierta mientras creas de verdad en ella»).

Pienso que fue entonces, tras escuchar las palabras de mi amigo, cuando mi decisión se hizo firme: partiría hacia África y buscaría a Astrid.

Tanto si estaba viva como muerta, la encontraría.

Capítulo cuarto

Un viaje imposible

ANTES de comenzar mis preparativos me dirigí al domicilio de Marguerite de Villers, la tía de Astrid, situado cerca de la *avenue Louise*. Confieso que me apetecía volver a entrar en la que había sido la casa de Astrid durante los últimos años. La pobre mujer me recibió con los ojos secos, aunque enrojecidos; Marguerite adoraba a su sobrina, a la que casi consideraba su propia hija. Pareció alegrarse de verme y me invitó a pasar, para después sentarse junto a mí en el sofá. Le pedí permiso para entrar en la habitación de Astrid y permanecer allí unos minutos, a solas con su recuerdo. Marguerite asintió, comprensiva. Luego dio rienda suelta a su amargura:

–Qué duro es vivir en un país como ése –se quejó con un rictus de dolor–. Se traga a tus seres queridos sin compasión, y ni siquiera te devuelve sus cuerpos para que los llores.

No supe qué contestar. En vista de mi silencio, la mujer prosiguió:

–Me pregunto qué es lo que tanto admira mi hermano de esa tierra salvaje. Más le habría valido quedarse aquí con su familia, en un lugar seguro y civilizado. Ahora no tendría que llorar la pérdida de su única hija.

–Yo creo... –comprendí que estaba a punto de decir una tontería, pero no pude evitar seguir hablando–: Estoy seguro de que Astrid está viva.

Marguerite sonrió sin ganas y me acarició la mejilla.

–Eres un buen chico, Albert, y Astrid sentía mucho afecto por ti. Me hubiese gustado que, algún día, vosotros dos... ¡Oh, Dios mío!

La compostura de la pobre mujer se vino abajo de pronto: me abrazó y rompió a llorar como una niña pequeña. Noté cómo sus cálidas lágrimas resbalaban por mi mejilla y mi cuello hasta empapar mi camisa, y entonces yo también lloré.

La habitación de Astrid seguía igual que la última vez que estuvimos allí, escuchando unos discos que ella acababa de comprar. Su perfume aún flotaba en el ambiente, y casi podía palpar su presencia entre aquellas cuatro paredes. Esas palabras de consuelo que, sin mucha convicción, le había dicho a Marguerite, me parecían aquí más creíbles. ¿Podía Astrid estar muerta? Una escena terrible se materializó entonces en mi mente: un fuselaje plateado abriéndose paso a gran velocidad entre ramas y troncos que volaban en astillas. Metales retorcidos, cadáveres despedazados y esparcidos entre la vegetación. Luego, un cuerpo juvenil siendo devorado con avidez por alimañas hambrientas. Sacudí la cabeza y dije en voz alta:

–Astrid, sé que estás viva. ¡Tienes que estarlo!

Nunca sospeché que un viaje de ida y vuelta en avión hasta Kinshasa costara tan caro, una fortuna en comparación con mis escasos ahorros. Para colmo de males, en todas las agencias me advertían que los vuelos a Kinshasa podían suspenderse en cualquier momento.

Recuerdo bien aquellas horas de nervios, angustia y lucha contra el reloj. A mi preocupación por la suerte que hubiese podido correr Astrid se sumaban ahora los brujos africanos y sus maleficios, que empezaban a inquietarme por primera vez en mi vida. Pero era tal mi empeño que poco a poco conseguí derribar todas las barreras, incluso la que parecía más insalvable: la oposición de mis padres.

Mi padre me llevó a su despacho sin decirme el motivo, y por un momento llegué a pensar que se había arrepentido y pensaba disuadirme.

–Tu madre y yo hemos hablado de ese proyecto tuyo. Sabes que a ella le gustaría que desistieras, pero supongo que estás decidido…

–Quiero ir. Aunque mi viaje sólo sirva para confirmar que Astrid ha desaparecido para siempre.

–Lo sospechaba. Sabes bien que no somos ricos, pero tampoco vivimos en la miseria. Ni tu madre ni yo estamos dispuestos a dejarte marchar sin algún apoyo económico, lo único que podemos ofrecerte por el momento… –diciendo estas palabras colocó sobre la mesa un apretado fajo de billetes nuevos–. Aquí hay sesenta billetes de cien dólares, es decir, seis mil dólares americanos. Es una suma importante, el equivalente a doscientos veinte mil francos belgas. Puedes usarla como creas conveniente, aunque confío en que no la dilapides.

Durante unos instantes me quedé sin habla. No esperaba un gesto semejante, y no supe si llorar de emoción o brincar de alegría. Opté por embolsarme el dinero y abrazar a mi padre.

–Gastaré lo menos posible –prometí–. Y no te preocupes, os lo iré devolviendo poco a poco.

–Lo que tu madre y yo queremos que nos devuelvas es a ti mismo. Queremos recuperar a nuestro hijo en perfecto estado –rió–. Sería estupendo que además trajeras a Astrid contigo. Sana y salva, por supuesto. Ése es nuestro mayor deseo.

Otro de mis impedimentos acababa de desaparecer.

Esa misma tarde volví a visitar a Bertrand para que me informara sobre ciertos detalles relacionados con mi viaje. Me presenté sin el amuleto, pues no quería poner nerviosa a Ivette. Mis dos amigos se mostraron encantados de poder colaborar en la preparación de mi viaje.

–Kinshasa fue antaño una ciudad hermosa, elegante y cosmopolita –señaló Bertrand con un brillo de nostalgia en las pupilas–. Por desgracia, creo que ahora se encuentra muy deteriorada.

–Está situada a orillas del majestuoso *Pool Malebo,* delante de Brazzaville –añadió Ivette–. Otra ciudad que fue bella en tiempos pasados.

–Y las dos se miran a la cara, frente a frente, desde las orillas opuestas de ese ensanchamiento del río Congo que durante décadas se llamó *Stanley Pool.* Es un dato curioso que ambas capitales sean las más próximas entre sí de todo el planeta.

–¿Existe algún puente que las una?

–No, pero hay un servicio regular de transbordadores. Eso me recuerda mis paseos por la orilla del río al caer la noche, viendo brillar a lo lejos las luces de la capital gemela.

–Bertrand siempre ha sido un nostálgico –rió Ivette–. Cuando estaba en el Congo no cesaba de suspirar por su querida Bruselas... Y ahora, aquí, no para de recordar los viejos tiempos pasados en el Congo. A menudo se obsesiona con la idea de regresar algún día a África.

Bertrand se abalanzó enojado hacia su mujer, que lo esquivó riendo.

–Me temo que Ivette tiene razón –confesó al fin–. Si no fuera por la corrección de los exámenes y por otras obligaciones que me atan a la vieja Europa, te acompañaría encantado. Supongo que mi experiencia podría servirte de ayuda en tu búsqueda.

Desde la cocina, la voz de Ivette nos invitó a sentarnos a la mesa:

–Te hemos preparado una cena típicamente congoleña para que te vayas ambientando: una *moamba*[9]. Normalmente se cocina a base de carne de mono o de cocodrilo. Pero no te asustes. Por esta vez tendrás que conformarte con vulgar pollo *bruxellois*.

La cena transcurrió hasta muy tarde en medio de una agradable conversación. Una vez concluida la colación, Bertrand utilizó la típica frase belga para invitarnos a emigrar hacia un lugar más cómodo: *«Allons mettre nos fesses au mou»*, que significa algo parecido a: «Vayamos a poner las posaderas en blando.»

Acomodados en los mullidos sillones del salón, agradecí a mis anfitriones la deliciosa comida.

–Si toda la comida africana es así de sabrosa, no me extraña que queráis volver allí.

---

[9] *moamba:* plato típico del Congo, en el que la carne se sirve sobre una base de arroz blanco con hojas de mandioca, salsa de nuez de palma y plátanos fritos. Se suele cubrir con polvo de cacahuetes molidos. A veces se añade guindilla picante.

–Aún hay cosas mejores, como el *liboké*[10] o la *tshikwanga*[11] –apuntó Ivette, agradecida por el cumplido.

–Hablemos ahora de temas serios –propuso Bertrand–. Tendrás que hacer una lista de las cosas que no debes olvidar, especialmente las medicinas.

–Pensaba hacerla, y vengo preparado.

Con gesto teatral saqué de mi bolsillo una libreta de anillas y un portaminas.

–Ya estoy listo. Puedes empezar.

–En primer lugar necesitarás una buena reserva de dinero para gastos imprevistos y eventuales sobornos.

–¿Sobornos? –me escandalicé.

–Por desgracia, en algunos países africanos se ha convertido en práctica habitual –Bertrand intercambió una mirada seria con Ivette–. Ya casi nadie lo considera un delito allí. Eso sí, te aconsejo que repartas el dinero entre varios bolsillos secretos y otros escondites.

–¿Qué escondites?

–Intenta ser un poco imaginativo, hombre: en medio de la ropa sucia, en el interior de un viejo aparato de radio... Un lugar que no suele fallar es un libro. Tendrás que sacrificar el ejemplar recortando un hueco entre sus páginas y pegarlas a continuación. Eso también funciona en Europa: cuanto más inculto y bestia sea el ladrón, más repulsivo le parecerá el libro y ni siquiera lo tocará.

–¿Y la ropa? Había pensado comprarme un chaleco y unas botas de explorador. También un *salacot*[12]...

---

10 *liboké:* plato típico consistente en carne o pescado cocinados a la brasa en un envoltorio de hojas de bananero. Normalmente contiene abundantes especias y guindillas picantes *(pili-pili).*

11 *tshikwanga:* especie de pan de harina de mandioca fermentada en un envoltorio de hojas. Es muy denso y tiene un gusto y un olor característicos.

12 *salacot:* sombrero colonial que usaban los primeros colonos europeos para protegerse del sol tropical.

Bertrand y su mujer prorrumpieron en grandes carcajadas.

–Vístete así y serás el hazmerreír de negros y blancos. Incluso resultaría peligroso, porque algunos militares del interior te tomarían por mercenario o por espía. Te recomiendo que lleves poco equipaje y vistas ropas discretas, sencillas y holgadas. Aparte de ir más fresco y cómodo, evitarás despertar la codicia de algún amante de lo ajeno. Cómprate el reloj más barato que encuentres, pero asegúrate de que sea sumergible y de que lleve una pila nueva.

–Le tengo mucho cariño al reloj que me regaló Astrid, y no pienso desprenderme de él –y añadí–: ¿Tan frecuente es el robo allí?

–Muchas familias viven en la miseria y se las tienen que ingeniar para sobrevivir. Pero no te asustes; más que robar, lo que suelen hacer es pedir. Allí todo el mundo pide, por si acaso cuela. Si te comportas de modo amable y natural, descubrirás gente estupenda entre los africanos. No obstante, como en todas partes, también tropezarás con canallas dispuestos a aprovecharse de ti, y ésos pueden ser de cualquier color.

–¿Qué idioma hablan?

–En la ciudad no tendrás problemas, pues todo el mundo habla francés. Si te alejas selva adentro, la cosa cambia. Existen multitud de lenguas, según la región: swahili o kiswahili en el este, kikongo en el bajo Congo, tshiluba en la cuenca del Kasai, mongo o lomongo en la zona central próxima al ecuador y bangala en la esquina noroeste.

–¡Qué complicación!

–Yo no me preocuparía por eso; con paciencia y buena voluntad uno siempre acaba por hacerse entender.

Era ya noche cerrada cuando abandoné el domicilio de Bertrand e Ivette. Me sentía cada vez más animado, con esa euforia que nos invade al iniciar un viaje hacia lo desconocido; cuando nos sentamos al borde de la aventura y miramos hacia el camino inexplorado que se abre ante nosotros.

Caminaba despreocupado y pensativo, tratando de ordenar en mi cabeza la valiosa información que acababa de recibir. Por eso no presté atención a unas pisadas apresuradas que resonaban a mi espalda.

Cada vez más cerca.

Eran poco más de las doce de la noche, pero las calles estaban desiertas, algo habitual en cualquier ciudad del norte de Europa. La acera por la que caminaba estaba mal iluminada, con las farolas muy distantes unas de otras. Me encontraba a mitad de camino entre dos de esas farolas, en la zona más oscura, cuando una mano cayó sobre mi hombro.

No pude evitar lanzar un grito de sorpresa, grito que murió en mi garganta al volverme y reconocer a mi perseguidor:

Mbele Libunga.

Bajo la amarillenta y escasa luz de las farolas, el aspecto del brujo albino era francamente aterrador: el pelo estropajoso rodeaba su cabeza como una aureola de fuego, y la piel lechosa de su rostro parecía desprender un enfermizo resplandor luminiscente. Pero lo peor eran sus ojos, libres ahora de guiños y temblores, con las pupilas dilatadas emitiendo un malévolo fulgor rojizo. Cuando abrió la boca y empezó a hablar, llegó a mi olfato una dulzona pestilencia a carne descompuesta:

–Es usted muy testarudo, *mondele.* Por su culpa, su amiga va a morir. Aún está a tiempo de salvarla, y para eso tiene que confiar en mí.

–¿Por qué habría de confiar en usted, señor Libunga? No me ofrece ninguna garantía de recuperar a Astrid viva.

–Ustedes, los blancos, no saben nada de estas cosas. Ignoran los poderes y las fuerzas terribles que gobiernan los destinos de las personas. ¿Garantías? No tengo por qué darle garantías. ¡Yo tengo el poder! Poder para salvar a esa chica. Poder para matarles a los dos, si se me antoja. No tiene elección, *mondele:* entrégueme ahora mismo lo que me pertenece.

El rostro diabólico del hechicero estaba a pocos centímetros de mi cara y me sentí paralizado por el terror. Con gusto le hubiera entregado el talismán con tal de poner término a aquella pesadilla, pero gracias a los temores de Ivette no lo llevaba encima. El brujo debió de interpretar mi silencio como una negativa, porque dio un paso atrás, entornó los ojos y prorrumpió en un monótono canturreo:

–*Okokufa na monoko ya ngandu...* –repetía sin cesar–. *Okokufa na monoko ya ngandu... Okokufa na...*

Aproveché su aparente ensimismamiento para echar a correr calle abajo. No paré hasta entrar en mi casa, cerrar la puerta con llave y echar los pestillos.

Telefoneé a Bertrand y le expliqué la situación. Mi antiguo profesor de música se mostró mucho más preocupado que yo mismo, y me aconsejó que lo pusiera en conocimiento de mi familia e incluso de la policía. Estuve a punto de hablar de ello con mis padres, pero temí que se echaran atrás con respecto a mi viaje.

Así que, por desgracia, no hice caso del consejo.

Capítulo quinto

Likundú

ME levanté agobiado ante la inmensa tarea que aún me quedaba por delante. Menos mal que mi madre, una vez asumida mi decisión, se ofreció a colaborar encargándose de la compra de medicinas y de ropa, mientras yo iba a vacunarme y a recoger el billete en la agencia de viajes. Metí el talismán en uno de mis bolsillos y salí tranquilamente de casa. Lucía un sol radiante y a esas horas las calles estaban atestadas de gente, de modo que no sentí temor alguno al cruzar el portal y sumergirme en la bulliciosa actividad de la llamada «Capital de Europa».

Las vacunas resultaron un mero trámite, casi indoloro, por cierto. Sin embargo, en la agencia de viajes me encontré con un problema muy serio que ya me temía: todos los vuelos a Kinshasa estaban suspendidos debido a la crítica situación del país.

Cuando nuevamente lo creí todo perdido, tuve una idea: recordé la narración de Bertrand acerca de las dos capitales que se contemplan la una a la otra a través del ancho *Pool Malebo.* La empleada de la agencia me informó de que había dos vuelos nocturnos semanales de la compañía Air Afrique que comunican París con Brazzaville. Precisamente esa noche salía uno, así que tuve que tomar la decisión en ese mismo instante. Compré un billete hasta París, que enlazaría con Brazzaville. Desde allí embarcaría en un ferry para cruzar el río hasta Kinshasa, aunque la empleada reconoció que no podía garantizarme ese servicio.

Esto reducía a pocas horas el tiempo que me quedaba, de manera que debía darme prisa en preparar las maletas.

Al regresar a casa noté algo extraño: estaba seguro de haber cerrado la puerta con llave, pero ésta cedió nada más empujarla. Con el corazón en un puño aparté la pesada hoja de madera y al momento descubrí que alguien había entrado durante nuestra ausencia.

Y todavía podía estar allí.

Bajé la escalera gritando y no paré de proferir alaridos hasta que un vecino me abrió la puerta de su casa y permitió que llamase a la policía y avisara a mi padre a su trabajo.

Cuando volví a entrar en casa, todo estaba patas arriba. Un agente vestido de paisano tomaba huellas en el pomo de una puerta, mientras otro hacía anotaciones en un bloc, junto a mis padres:

–¿Está usted seguro de que no falta nada? –preguntó con voz mecánica.

–¿Y cómo quiere usted que lo sepa, con semejante desbarajuste? –respondió mi padre de mal humor–. Necesitaremos tiempo para hacer un inventario. Lo único que puedo decirle es que no falta dinero. Tampoco parece que se hayan llevado las joyas de mi mujer, que por otra parte no son muy valiosas. No hemos echado de menos ningún electrodoméstico, ni siquiera el televisor o el vídeo... ¿Para qué habrán entrado, entonces?

–Estos ladrones son así –replicó lacónico el policía–. Unas veces arramplan hasta con los muebles y otras no se llevan nada. Depende de lo que busquen. Probablemente se asustaron al verse sorprendidos por la llegada de su hijo y huyeron mientras el chico corría a pedir ayuda.

En esta ocasión estaba claro que no se habían llevado nada. Recordé el intento de robo que había padecido Astrid en casa de su tía poco antes de su marcha. ¿Coincidencia? Tal vez. Pero yo poseía algo que sólo podía interesar a cierto ladrón: un objeto que estuvo primero en manos de Astrid y luego en las mías.

Tardé más de una hora en poner un poco de orden en mi cuarto, donde el ladrón se había afanado particularmente. Ya estaba casi terminando cuando lo descubrí: se hallaba muy bien disimulado, en la esquina más sombría del armario empotrado, oculto tras una pila de viejos cómics. La verdad es que fue una suerte que la pila de revistas se derrumbara. Al principio sólo vi un pequeño bulto oscuro que yacía tirado en un rincón. Era desconocido para mí, aunque su naturaleza me recordó enseguida otros objetos similares que había visto hacía poco tiempo. Lo saqué a la luz para estudiarlo de cerca: se trataba de una simple estatuilla de madera. Su factura era tosca, apresurada, sin detalles. Poseía un abultado vientre recubierto de una sustancia marrón, posiblemente tierra cocida.

No cabía la menor duda: el brujo albino había dejado su tarjeta de visita.

De nuevo tuve que recurrir a mi amigo experto en temas africanos para buscar su consejo. Quedó en venir enseguida a mi casa para ver la estatuilla, pues apenas me quedaba tiempo para preparar el equipaje y salir corriendo camino del aeropuerto.

Mientras aguardaba su llegada, me dediqué a hacer las maletas o, mejor dicho, la mochila. Me pareció más práctico y cómodo llevar una mochila, que podía cargar a la espalda incluso en terrenos difíciles, conservando así las manos libres. El apartado más voluminoso de mi equipaje lo constituían las famosas medicinas: mi madre, tan exagerada como siempre, había comprado un auténtico hospital de campaña, compuesto por antipalúdicos, antipiréticos, analgésicos, antidiarreicos, antibióticos de amplio espectro, antisépticos, pastillas potabilizadoras para el agua e incluso repelente para insectos. Yo, por mi parte, incluí un buen fajo de mapas del centro de África, de diferentes escalas, la brújula más sofisticada y aparatosa que pude encontrar y una tela mosquitera a prueba de toda clase de insectos chupadores de sangre.

Pocos minutos más tarde llegó Bertrand.

Sentados en mi cama, contemplamos en silencio el singular objeto.

–Muy interesante –musitó al fin–. Sólo he visto algo parecido una vez, en el bajo Congo, durante un viaje turístico que me llevó hasta las costas de Moanda, cerca de la desembocadura del Congo.

–¿Qué es?

–Supongo que una especie de fetiche. Me dijeron que esos vientres hinchados son receptáculos donde se colocan los potingues mágicos, que luego se taponan con barro o arcilla. ¿Cómo ha llegado a tu habitación?

–Ha tenido que colocarlo el brujo de Matonge. ¿Qué crees que debo hacer?

–Ivette te diría que acudieses inmediatamente a otro brujo capaz de neutralizar el efecto del fetiche. Pero los bakongo prefieren un método que creen muy eficaz: basta con devolver el fetiche al domicilio del autor del maleficio, sin que se entere, logrando así que el *likundú* se vuelva contra él.

La sola idea de meterme sigilosamente en la madriguera del brujo me puso la carne de gallina. Me pareció peor el remedio que la enfermedad.

–Es terrorífico –murmuré en voz baja.

–Únicamente si crees en ello. Yo pienso que no debes concederle demasiada importancia. Pero sería mejor que te deshicieras de él cuanto antes, por si acaso.

–¿Deshacerme de él, así, por las buenas?

–Puedes quemarlo, machacarlo o simplemente tirarlo a la basura. Hagas lo que hagas, estará bien hecho.

–Dime, con sinceridad, ¿crees en la magia africana, Bertrand?

–Lo que yo crea o deje de creer no importa. Son mis años en África los que me han enseñado a mantenerme alejado de esos fetiches malignos, que tarde o temprano acaban por traer desgracias. Ignoro cómo funcionan, y supongo que es la propia víctima la causante del daño que recibe.

–¿La propia víctima?

–Sí. Acaba siendo aniquilada por su propio fatalismo, por la certidumbre de saberse condenada de manera inexorable. Eso es lo que termina por acarrearle alguna desgracia. Tampoco se puede excluir que esos brujos tengan auténticos poderes, claro está; allí se dice que algunos de ellos poseen un órgano suplementario, una especie de segundo estómago, que les sirve para influir en el destino de las personas e incluso para matar a distancia.

–¿Un estómago para matar a distancia? ¡Qué cosas!

–Lo único cierto es que resulta peligroso enfrentarse a los *nganga.* Te aseguro que muchas veces consiguen que sus profecías o maleficios se cumplan, y lo logran mediante una intervención personal que nada tiene de mágica. Tuvimos un ejemplo en la ciudad donde yo vivía, cuando se descubrió que un famoso hechicero mataba utilizando unas quijadas de cocodrilo, logrando que sus víctimas presentaran el aspecto de haber sido atacadas por uno de estos reptiles.

–Qué canalla. Así, cualquiera.

–Deberías tomarte las cosas en serio, porque cuando un brujo es listo y sin escrúpulos, y además se empeña en demostrar su fuerza, siempre encontrará el modo de introducir ponzoña en tu comida, una serpiente venenosa en tu cama o cualquier otra barbaridad que se le ocurra... Lo que intento decirte es que ese brujo albino podría ser *realmente* peligroso, con o sin poderes mágicos.

–He captado el mensaje. Seré precavido.

Bertrand se despidió deseándome mucha suerte y buen viaje. Al volver a mi cuarto pensé que ya tendría tiempo de decidir qué hacer con el maldito fetiche. Menos mal que, según él, cualquier cosa que hiciera estaría bien hecha.

Capítulo sexto

Vuelo a Brazzaville

CON sus hileras de asientos impecables y esas paredes ligeramente curvadas que confieren a las cabinas cierto toque claustrofóbico, el interior del aparato de Air Afrique se parecía al de cualquier otro avión. Sin embargo, aquel vuelo de más de seis mil kilómetros representaba algo especial para mí; era mi primer viaje realmente importante, un viaje lleno de incógnitas que me situaba por primera vez frente a lo desconocido, dependiendo únicamente de la suerte y de mis propias decisiones.

Solo.

También era el vuelo que me acercaría a Astrid, y eso podía explicar la intensa emoción que me invadía al recorrer con la mirada la cabina de aquel Jumbo. En la atmósfera flotaba una musiquilla relajante que no lograba enmascarar del todo ciertos rumores de naturaleza misteriosa, zumbidos y ronroneos producidos por mecanismos ocultos.

El olor penetrante de los guarnecidos y las moquetas se entremezclaba con aromas de colonias, perfumes, lacas y desodorantes que envolvían a algunos pasajeros como invisibles auras olfativas.

Mi asiento se encontraba casi al final del pasillo, cerca de la cola del aparato. Llevaba pocos segundos sentado cuando apareció un inmenso hombretón que, tras verificar que le correspondía el asiento situado a mi lado, empezó a colocar con parsimonia sus abultadas bolsas en el compartimento de equipajes.

–*Bon soir, mon ami* –saludó afable–. Parece que tenemos un largo vuelo por delante. ¿También vienes a pasar las vacaciones en Sudáfrica?

–No, no voy tan lejos –respondí huraño–. Me apeo en la primera parada.

–¿En Brazzaville? No parece un lugar muy indicado para divertirse.

–El mío no es un viaje de diversión.

–¡Pero si estamos en tiempo de vacaciones, *mon ami!* –exclamó eufórico.

Cuando terminó la laboriosa distribución de su equipaje, cerró la trampilla con un golpe seco y se sentó con gesto indiferente. Su inmenso volumen desbordaba las exiguas dimensiones de la butaca, y sus largas piernas quedaban aprisionadas contra el respaldo delantero. Sólo verlo me producía cierta sensación de agobio.

–Hay que ver cómo aprovechan el espacio en estos condenados vuelos –protestó.

–Mientras no escatimen en el mantenimiento de los aviones… –respondí nervioso.

–La aviación comercial ya no es lo que era –mientras hablaba, su mirada recorría despectiva el entorno–. Esto se ha convertido en una guerra feroz entre compañías, una guerra por ofrecer precios cada vez más bajos, así que explotan al máximo las posibilidades de sus aparatos. Nos espera un viaje de seis mil kilómetros, y será un milagro si llegamos sin algún percance.

El accidente de Astrid me había sensibilizado mucho con respecto a eso de las catástrofes aéreas, y aquel maldito aguafiestas parecía haberse dado cuenta. Me resigné a aguantar uno de esos viajes que uno preferiría olvidar cuanto antes: cerré los ojos e intenté concentrarme en Astrid. ¿Estaría realmente viva, como yo me empeñaba en creer? ¿O me encontraba viajando en estos momentos hacia la más amarga desilusión de mi vida? Volví a recordar aquellos últimos instantes mágicos, cuando Astrid y yo nos abrazamos en el aeropuerto. Cuando sentí por última vez su cuerpo vivo y cálido junto al mío... La idea de que ella pudiera estar muerta se me hacía difícil de admitir.

–Eh, no te duermas. Fíjate en esto.

Abrí los ojos de mala gana. El plasta de mi vecino no se daba por vencido, señalando ahora un gigantesco mapa que había desplegado sobre la mesita abatible.

–Espero que nuestro avión aguante bien en el aire, porque vamos a sobrevolar regiones tan desoladas y salvajes como los desiertos del norte de África o las espesas selvas pluviales de Camerún, Gabón y Congo.

–¿Y eso qué importa? Es de noche y no veremos nada. Y si este trasto se estrella, nos dará igual dónde lo haga. No quedará nadie para lamentarse.

–No te creas. A veces sobrevive parte del pasaje. Se han dado varios casos...

Por primera vez, las palabras de mi vecino sonaban agradables. ¿Podría ser Astrid uno de aquellos casos?

–Estoy muy cansado –supliqué–. ¿Te importaría dejarme dormir un rato?

–Sería bonito visitar alguno de estos lugares inexplorados –ignorando mi petición, el condenado paseaba ahora su dedo grasiento por el centro del mapa–. ¿Te imaginas? Viajar sin rumbo, atravesar tupidas selvas vírgenes..., navegar día y noche por ríos desconocidos... Siempre dependiendo de ti mismo, sin guías, ni hoteles, ni visitas programadas. Eso sí sería una auténtica aventura.

–Tienes razón –le seguí la corriente–. Lo que suele hacer la mayoría de la gente es turismo de consumo.

Estuve a punto de añadir que yo sí viajaba hacia una auténtica aventura, pero preferí callarme. Sacudí la cabeza y traté de imaginar una caminata a través de oscuros bosques. Humedales repletos de mosquitos, serpientes y otros animales aún peores. Tener que dormir en frágiles chozas sin electricidad, ni televisión, ni ordenador; sin disponer siquiera de un teléfono móvil para pedir ayuda en caso de emergencia... Y Astrid podía estar ahora en un lugar de ésos. A oscuras, rodeada por toda suerte de amenazas invisibles... Tal vez herida... Señalé hacia el mapa y dije:

–Es una suerte que sobrevolemos todo esto protegidos en el seguro y climatizado fuselaje de este cacharro.

–Sí, aislados en una burbuja de confortable mundo civilizado. Una vez estuve de turismo en Tanzania y...

Mientras el hombre hablaba y hablaba sin parar, los motores rugían y el avión enfilaba la pista de despegue para catapultarnos hacia la negra inmensidad del cielo.

Abrí los ojos y tardé un rato en situarme. Todo a mi alrededor estaba bañado por una luz atenuada, casi fantasmal. En el interior del avión reinaba la calma. Casi todos los pasajeros dormitaban con las cabezas apoyadas en sus almohadillas, aunque los más insomnes contemplaban la película que se proyectaba en las pantallas de cristal líquido de sus asientos. Los reactores emitían un murmullo grave y monótono, superado de cuando en cuando por los anárquicos ronquidos de mi pesado (en todos los sentidos) acompañante. Me sentí inquieto. ¿Qué era lo que me había despertado? Los pasillos estaban desiertos: el personal de vuelo descansaba. Entonces experimenté una sensación ardiente en mi muslo derecho.

El talismán estaba al rojo vivo.

Saqué el objeto del bolsillo y lo contemplé en la palma de mi mano, sintiendo cómo su calor taladraba mi carne. Unas repentinas turbulencias alteraron de pronto la tranquilidad del vuelo, y el avión se estremeció en una serie de incómodos vaivenes. Instintivamente, cerré la mano y sujeté la figurita entre mis dedos. Sólo se me ocurrían dos posibilidades: o el objeto se calentaba con las alturas, o un *likundú* viajaba en el mismo avión. Tras lanzar temerosas miradas a mi alrededor, cerré de nuevo los ojos.

Ya no pude dormir durante el resto del vuelo.

Capítulo séptimo

Travesía nocturna

CON una suave sacudida, el avión tomó tierra en el aeropuerto de Maya Maya, en Brazzaville, capital del ex Congo Francés. Eran las seis y cuarto de la mañana. A esas horas tempranas, con el sol apenas despuntando en el horizonte, el calor era ya insoportable en la antigua colonia francesa, y una brisa ardiente me envolvió en cuanto puse pie a tierra. Me sorprendió la húmeda densidad del aire, especialmente su olor intenso y desconocido. Por una parte me alegraba perder de vista a mi incómodo compañero de travesía, aunque por otro lado echase de menos un poco de compañía. De pie sobre el cemento de la pista, me volví hacia el brillante fuselaje del avión que me había trasladado hasta el corazón de África y suspiré profundamente.

El primer paso estaba dado.

Despacio, di media vuelta y me puse en marcha hacia el destino que yo mismo había escogido. De repente me sentía como un niño, solo y desamparado en un país extraño y lleno de peligros desconocidos. Solo y sin tener siquiera la certeza de poder llegar hasta la meta que me había propuesto. Noté la humedad de unas lágrimas amargas que rodaban por mis mejillas. La confianza que había puesto en aquel viaje empezó a desmoronarse y cada vez dudaba más de mis posibilidades, a punto de arrepentirme de mi decisión... Era la primera vez que me sentía asustado ante las posibles consecuencias de mi loca aventura.

Pero no sería la última.

El vetusto transbordador descansaba fondeado en uno de los muelles del puerto de Brazzaville, pero una cadena oxidada impedía el acceso a la pasarela. Al intentar saltar por encima de la barrera, un viejo empleado se acercó con los brazos levantados:

–¡Alto ahí! El acceso está cerrado.

–Ya lo veo –contesté volviendo atrás–. Pero yo necesito cruzar el río.

–Ya no se puede cruzar el río. El servicio está suspendido hasta nueva orden. Es lo primero que se interrumpe cuando hay conflictos en cualquiera de los dos Congos. Todo el mundo lo sabe.

Recordé la advertencia de la empleada de la agencia, pero decidí hacerme el despistado.

–Pues yo no tenía ni idea. Daba por sentado que esto sería un servicio regular y fiable.

–Lo es en tiempo de paz, pero ahí enfrente están al borde de la guerra. Sea razonable, *monsieur.* Es cuestión de seguridad, por su propio bien.

Examiné al congoleño que me cerraba el paso: era un hombre robusto, de unos cincuenta años, vestido con unos harapos que en tiempos debieron formar parte de una especie de uniforme. Sonrió sin ganas, haciendo un ademán hacia la otra orilla, situada a varios kilómetros de distancia.

–La situación se ha vuelto peligrosa al otro lado. No ha escogido un buen momento para intentar cruzar el río.

Ante nosotros se extendía el famoso *Pool Malebo,* el antiguo *Stanley Pool* del que tanto me habían hablado Bertrand y su mujer. Visto de cerca resultaba grandioso: un ensanchamiento casi circular del río, de unos treinta kilómetros de diámetro, salpicado de numerosos bancos de arena e islas, entre las que destacaba la colosal isla Mbamú, de aproximadamente veintidós kilómetros de largo por doce de ancho. Esforcé la vista en la dirección señalada por la mano extendida del hombre, hasta adivinar al otro lado los edificios de la capital congoleña.

El siguiente paso hacia Astrid.

–Tengo que cruzar –insistí–. Estoy dispuesto a pagar lo que haga falta.

En los ojos del guarda brilló un relámpago de codicia. La verdad es que yo llevaba encima mucho más dinero de lo que aquel pobre diablo podía imaginar, todo en flamantes billetes bien doblados y cosidos en lugares estratégicos de mi ropa. Por si acaso.

–Le aseguro que el ferry no se va a mover. Ni siquiera tiene *mazout*[13] en sus tanques, así que, por mucho dinero que usted esté dispuesto a pagar, ese trasto no se moverá de su sitio. Pero hay otras formas de cruzar el río.

–Supongo que no me estará sugiriendo que cruce a nado, ¿verdad? Parece que hay varios kilómetros de distancia.

–El problema no son los kilómetros –respondió sin inmutarse–. Ni siquiera es fácil cruzar con una pequeña embarcación: la veloz corriente le arrastraría hasta los rápidos

[13] *mazout:* gasóleo.

que hay más abajo. Y también están los cocodrilos... Y las patrulleras del ejército congoleño...

–¿Entonces, qué me sugiere?

El hombre pareció titubear. No parecía muy seguro de poder confiar en mí. Se me ocurrió esgrimir algún billete para ayudarle a concentrarse.

–Hay gente que cruza el río..., esto..., de manera clandestina. Todas las noches lo hacen, en los dos sentidos. Es un tráfico que existe desde siempre, aunque ha aumentado en los últimos tiempos. Por suerte para usted, yo conozco a algunos que lo practican. Apenas los conozco de vista, claro...

–Desde luego. No lo pongo en duda. Pero antes de pagar me gustaría saber qué garantías hay de llegar sano y salvo al otro lado.

–Mis amig..., quiero decir, conocidos, están acostumbrados a navegar por estas aguas en plena oscuridad. Conocen de memoria cada isla, cada banco de arena, cada remolino. Estará usted más seguro con ellos que en su metro de París.

–No soy francés, sino belga, pero eso da igual; espero que tenga usted razón. Vayamos a lo más espinoso de la cuestión: ¿cuánto me costará la travesía?

El hombre sonrió y se encogió de hombros:

–Quinientos dólares. Muy barato teniendo en cuenta las dificultades y la necesidad que tiene de llegar a Kinshasa. A menos que disponga usted de otra alternativa mejor...

–Doscientos –traté de regatear.

–Sean trescientos –zanjó sin inmutarse.

En vista de la rapidez con que había bajado de precio, lamenté no haber propuesto una cifra muy inferior. Me faltaba mucho que aprender sobre costumbres africanas.

–¿Cuándo será la travesía?

–Vuelva usted aquí a las tres de la madrugada. Mis amigos le estarán esperando.

–¡Las tres de la madrugada! –me indigné–. Tengo muchísima prisa. La vida de una persona está en peligro y no puedo perder todo el día en Brazzaville.

–Los europeos siempre tienen prisa cuando llegan. Pero deben comprender que esto es África, *monsieur.* Aquí no es posible tener prisa. Además, la travesía sólo puede hacerse de noche. Tiene que esperar a la noche.

En lo sucesivo escucharía muchas veces ese razonamiento, y con el tiempo yo mismo llegaría a aceptar que en África el tiempo discurre de forma diferente. Pero en aquel momento no lo entendía. Estaba indignado. Me hervía la sangre al pensar que iba a perder un día entero de mi precioso tiempo mientras Astrid me necesitaba.

–Le advierto que buscaré otra forma de cruzar –amenacé.

–Busque –rió sin ganas–, busque. Le aseguro que no encontrará nada mejor.

–Está bien –me rendí–. ¿Cómo sabré quiénes son sus... conocidos?

–No se preocupe, ellos darán con usted.

Ya me alejaba cuando escuché de nuevo su voz obsequiosa:

–No tengo ni idea de lo que tiene que hacer en Kinshasa, pero, sea lo que sea, le deseo mucha suerte. Ah, y no olvide traer el dinero consigo. Estas cosas se pagan por adelantado.

Me entretuve un rato deambulando por las deterioradas calles de Brazzaville. Las cicatrices de los últimos enfrentamientos a este lado del río todavía eran visibles:

edificios en ruinas o incendiados, agujeros de obuses y carreteras cortadas. Por todas partes escombros amontonados, herrumbrosas carcasas de vehículos, paredes ennegrecidas por el humo o acribilladas por los disparos... Empezaba a descubrir que todo el centro de África parece poseído por el cáncer de la guerra, la miseria y el deterioro irremisible. Después de comer decidí alquilar una habitación en el hotel Ntsono, situado en la *avenue Félix Éboué,* cerca del puerto fluvial. Me sentía cansado y somnoliento, y faltaba mucho tiempo hasta la hora de la cita. Pensé que al menos podría dormir un rato para recuperar parte del sueño atrasado.

Cuando regresé al muelle, la oscuridad era casi absoluta, pues las viejas farolas que jalonaban el antiguo paseo ya no lucían desde quién sabe cuándo. A pesar de lo avanzado de la noche, la temperatura era todavía agobiante. Unido a mi nerviosismo, el pegajoso calor me producía auténticos regueros de sudor que empapaban mis ropas. Por curioso que pueda parecer y a pesar de la azarosa situación en la que me encontraba, estaba mucho más optimista que por la mañana: las luces de Kinshasa titilaban a lo lejos, casi a mi alcance, reflejándose en la negra superficie de la corriente que fluía a gran velocidad hacia mi derecha.

Hacia los rápidos.

Astrid estaba allí enfrente, en alguna parte, y confiaba de nuevo en poder encontrarla aún con vida. Por suerte, el asqueroso brujo Libunga estaba a más de seis mil kilómetros.

De repente, el sonido de una voz ronca y cazallera quebró el relativo silencio de la noche:

–La embarcación está preparada, *le blanc*[14]. ¿Has traído el dinero?

---

[14] *le blanc:* «el blanco». Forma en que los nativos llaman a los europeos, especialmente en las ciudades.

Cuatro figuras se habían materializado a mi lado, surgidas de la oscuridad como por arte de magia. Poco después, una vez arreglados los trámites financieros, bajamos en fila india por un angosto sendero hasta la misma orilla, donde nos aguardaba una pequeña lancha cuyo discreto color negro y la ausencia de luces confirmaban el tipo de actividad a que se dedicaban aquellos contrabandistas. La lejana bombilla de un viejo almacén iluminaba débilmente la escena, y no pude evitar un estremecimiento al vislumbrar el siniestro aspecto de mis compañeros de travesía: el grupo lo componían tres hombres y una mujer, todos ellos medio desnudos y armados con pistolas y machetes. Sus rostros sudorosos, enmarcados por una aureola de desordenados rizos hirsutos, brillaban en la sombra como diabólicas máscaras de ébano. Al verme rodeado por semejante cuadrilla mi optimismo se esfumó, dejando paso a un deseo irresistible de huir, de echar a correr por las buenas y abandonar todos mis planes…

En lugar de hacerlo, accedí a seguirles con docilidad. Sentía las piernas flojas y tenía que hacer grandes esfuerzos para mantener equilibrada sobre mi espalda la pesada mochila que contenía todo mi equipaje. Al poner los pies en la barca, tuve la certeza de que nunca llegaría a la otra orilla; aquellos facinerosos se limitarían a arrebatarme el dinero y la mochila para luego arrojar mi cuerpo a las negras aguas del río Congo, para regocijo de los cocodrilos que lo poblaban. Pero ni siquiera ese pensamiento me hizo desistir.

Nos alejamos de la ribera con el motor apagado, utilizando los canaletes que mis acompañantes manejaban con increíble destreza: las palas se hundían en el oscuro líquido sin salpicar lo más mínimo, sin producir ni el más leve chapoteo. Poco después, el ronco bramar de un potente fueraborda rasgó el espeso aire nocturno. La barca se estremeció y me sentí empujado hacia atrás por la aceleración. Al carecer de puntos de referencia visuales, la fuerza del viento era el único elemento que me permitía estimar la considerable rapidez de nuestro avance. Parecía increíble que aquellos marineros de agua dulce pudieran orientarse en medio de tanta negrura.

Poco a poco, mis ojos se fueron acomodando a la oscuridad reinante, hasta permitirme distinguir algunos detalles del paisaje. A nuestra izquierda desfilaba una masa oscura que ocultaba las luces de Kinshasa, y supuse que estábamos bordeando una de las grandes islas. La tranquilidad de las aguas se vio interrumpida de repente por una serie de ondas que sacudían la embarcación a intervalos regulares; al momento, mis compañeros de travesía detuvieron el motor. Al enmudecer el vigoroso fueraborda, surgieron de la oscuridad nuevos sonidos turbadores que antes quedaban enmascarados: el cercano romper de las olas contra una costa próxima e invisible. También un ronroneo procedente de otro motor, que provenía de algún lugar situado por delante de nosotros. Las luces de la cada vez más cercana Kinshasa me permitían adivinar los contornos de nuestra embarcación y las siluetas de sus ocupantes. De pronto, observé cómo una de aquellas figuras se apartaba del resto y se aproximaba a mí. Sostenía en su mano un objeto voluminoso, posiblemente un arma. Pensé que mi última hora estaba próxima. Sin duda había llegado el momento de ejecutarme y arrojarme al río, no sin antes despojarme de cuanto llevaba encima... Sopesé las posibilidades de brincar fuera de la barca y huir a nado, pero me pareció imposible sobrevivir en aquellas aguas oscuras y turbulentas, infestadas sin duda de hambrientos cocodrilos. Me pareció que saltar de la embarcación supondría una muerte mucho más lenta y dolorosa que el simple disparo o machetazo de aquellos canallas...

Me estremecí al notar sobre mi piel el contacto de una mano vigorosa y firme.

–¡Silencio! –susurró en mi oído una voz de mujer–. Acabamos de cruzar la estela de otra embarcación, y eso significa peligro. Así que vamos a quedarnos quietecitos hasta asegurarnos de que no hay ninguna patrulla militar congoleña por aquí.

–¿Qué pasaría si..., si nos descubrieran?

–Si nos pillan los del ejército es probable que nos frían a tiros antes de preguntar siquiera quiénes somos... En los últimos tiempos andan enloquecidos, y se imaginan que hay rebeldes por todas partes.

La mujer se sentó a mi lado y me ofreció la mitad del «arma» que traía en la mano, que resultó ser un inofensivo bocadillo hecho de una sustancia que parecía pan –pero que no lo era– y rellena de algo crujiente cuyo sabor agridulce tampoco pude identificar. Mientras comíamos en silencio, llegó hasta mi nariz el olor fuerte, no del todo desagradable, que desprendía su cuerpo sudoroso. Al recordar mis ridículos temores anteriores, estuve a punto de reír a carcajadas. Comprendí que aún me quedaba mucho por aprender de aquellos individuos extraños y fascinantes.

–Me llamo Albert. ¿Cuál es tu nombre? –quise saber.

–Siempre me llaman Ningana...

–Ningana.

–Es por el *nzeté ningana,* una planta que crece cerca de mi aldea natal y que al tocarla se mueve como si fuera un animal –aclaró.

–¿Una planta que se mueve? –me extrañé–. ¿Es carnívora?

–No, simplemente se encoge para protegerse del peligro. De pequeña me gustaba mucho jugar con ella.

–Bueno, ¿y cuál es entonces tu verdadero nombre?

–Mi verdadero nombre no importa.

Me sorprendía la forma de hablar de aquella mujer: utilizaba un francés muy correcto, y se notaba que había estudiado. También me extrañó que una chica como aquélla acabase convertida en miembro de una banda de vulgares contrabandistas.

–Hablas un francés perfecto –le dije–. ¿Has estado en Europa?

–No, pero realicé mis estudios en una misión católica cercana a mi aldea natal. Allí me enseñaron eso, y otras muchas cosas.

La miré, pero sólo pude adivinar una sombra agazapada en la oscuridad. Escuchando su correcto acento me resultaba difícil asociarlo con la apariencia desaseada y terrible que tanto me había impresionado en el momento de embarcar.

–¿No hay peligro de que la corriente nos arrastre hasta los rápidos? –me inquieté de pronto.

–Aquí estamos en una zona de calma –explicó la voz tranquila que surgía de la oscuridad–. La gran isla Mbamú nos resguarda de la corriente. De hecho, en este lugar el agua tiende a fluir al revés y en todo caso nos acercará a la costa de la isla.

Terminada la improvisada cena, me limpié la boca y las manos con un pañuelo. Ella hizo lo propio con el dorso de la mano.

–Estaba bueno el bocadillo. ¿Qué había dentro?

–*Mondongué.*

–¿Cómo?

–Termitas asadas.

–¡Puaj!

A duras penas pude reprimir las náuseas, pero entonces vi algo que me hizo olvidar mi repugnancia: la luna se reflejó un instante en los ojos de la muchacha, arrancándoles un sorprendente destello plateado. La ilusión no duró más allá de un instante, pero durante ese tiempo sus pupilas lucieron con un brillo que se me antojó sobrenatural.

–Deberías probar otros manjares de mi tierra –prosiguió ella en tono amable–. Siendo tan remilgado nunca podrías sobrevivir en medio de la selva.

–¿Qué más cosas coméis allá, en tu tierra? –la verdad es que no tenía demasiadas ganas de conocer la respuesta.

–A mí me gustaban mucho las *kusuma.* Son grandes larvas del escarabajo rinoceronte; viven en los troncos de las palmeras y se pueden encontrar rompiendo la base de las ramas o escarbando en la corteza.

–¿S... son muy grandes?

–Depende. Suelen tener el tamaño del dedo pulgar de una mano grande: unos seis o siete centímetros de longitud.

La conversación me resultaba cada vez más desagradable, pero no me atreví a repetir mis ascos.

–También comemos *mbinzo,* grandes orugas de una mariposa nocturna. Suelen encontrarse agrupadas en enormes racimos.

–¿No hay nada más apetitoso en la selva?

–Hay muchas cosas que incluso tú considerarías exquisitas, como ciertas frutas. Es fácil encontrarlas siguiendo a los *lolema.*

–¿Los qué?

–Los grandes murciélagos. De pequeña solía observar el vuelo vespertino de los murciélagos gigantes, y perseguía su ruidosa algarabía a través de las frondosas ramas del bosque: los *lolema* se alimentan de frutas dulces, como mangos, plátanos o papayas, y suelen guiarte a los árboles cargados de esas frutas. En caso de apuro, ellos mismos constituyen un suculento manjar.

Aquello era más de lo que podía soportar. Me estremecí al imaginar entre mis dientes las membranosas alas de uno de aquellos animales. Por suerte, uno de los compañeros de Ningana nos interrumpió antes de que me sintiera realmente mal.

–¡Ya basta de charla! –ordenó en voz baja–. Se acerca un barco.

A los pocos segundos, todos pudimos escuchar el sincopado latido de un motor diésel que se aproximaba cada vez más.

No se veía ninguna luz.

Poco después pude distinguir la alargada silueta de una barcaza que avanzaba directamente hacia nosotros. Mis compañeros no se movían, y empecé a temer que el barco fantasmal acabara embistiéndonos de lleno. Sin embargo, sus ocupantes debieron de vernos, porque aminoraron la marcha y desviaron unos grados su trayectoria. Cuando pasaron a nuestro lado, una voz desconocida rasgó la oscuridad:

–*¿Bino bozali malamu?*

Capítulo octavo

Kinshasa, ciudad sitiada

–¿*Bozali malamu?* –repitió la voz procedente de la nada.

–*Ehéeee* –respondieron a coro mis compañeros–. *¿Na bino?*

–*Malamu lokola. Mobulu te, matata te. Kasi bokeba na ngando moindo.*

Mientras el barco se alejaba y las ondas de su paso nos mecían con suavidad, pregunté:

–¿Qué ocurre? ¿Quiénes son?

–Son refugiados, gente que huye de Kinshasa por temor a las matanzas que se avecinan. Dicen que todo va bien, pero nos advierten que tengamos cuidado con los *cocodrilos negros*.

–No sabía que hubiese cocodrilos negros.

Ningana no pudo contener la risa ante tamaña ignorancia.

–No se trata de reptiles, hombre. Así es como solemos referirnos a las patrulleras camufladas del ejército.

–Pues a mí me asustan más los cocodrilos que las patrulleras –confesé.

–Los cocodrilos no son peligrosos donde hay tanta agua. Tal vez deberías temer más a los hipopótamos: a pesar de su aspecto ridículo y bonachón, son bichos de muy mal genio. Suelen volcar las piraguas, y en alguna ocasión han matado a seres humanos, así que es mejor no acercarse a ellos y dejarlos en paz.

–No lo sabía.

–Tenemos que darnos prisa, pronto amanecerá y cuando salga el sol seremos carne de cañón.

El fueraborda rugió de nuevo y la barca se puso en movimiento.

–No te preocupes, llegaremos sin problemas. Lo hacemos todas las noches.

–No es eso lo que me preocupa. Sólo estoy inquieto por la digestión de ese bocata de termitas.

–Tranquilo. Es una comida muy sana.

Pocos minutos más tarde, la proa rozaba una fangosa orilla cubierta de vegetación: estábamos en territorio de la República Democrática del Congo. Apenas pusimos el pie en tierra, mis acompañantes hicieron desaparecer la barca bajo un entramado de ramas y hojas que ya tenían preparado de antemano. Se notaba que aquel viaje, tan terrible y angustioso para mí, había sido pura rutina para los contrabandistas. La claridad del amanecer aumentaba por momentos, y ya podía contemplar con detalle los rostros impasibles de aquellas gentes acostumbradas a jugarse el pellejo cada noche. Agradecido por haberme devuelto sano y salvo a tierra firme, le entregué una generosa propina a un hombre barbudo y taciturno que parecía ser el cabecilla del grupo;

se guardó el dinero sin darme las gracias, y luego me indicó con un gesto el inicio de un tortuoso sendero, apenas visible en medio de la arboleda.

–Por allí llegarás pronto a la ciudad. Camina despacio, y si ves algún soldado, procura no mirarle nunca a los ojos. Si alguna vez necesitas regresar con nosotros por el mismo camino, preséntate por la noche en una taberna del puerto llamada *Brasserie du Port.* Pregunta por Madongu.

–Preguntaré por Madongu –repetí–. Gracias por todo.

–Procura ser prudente manteniéndote alejado de militares y policías –insistió–: No lo olvides, *mondele,* no hay nada más peligroso en el Congo que un hombre que viste uniforme. Sobre todo si está borracho o drogado.

Al parecer, eso era todo. Con ese consejo acababa nuestra efímera relación.

Me disponía a enfilar la angosta vereda cuando advertí una presencia a mi lado. Era la mujer cuya compañía (y comida) había aliviado mis temores durante la tensa espera en el río. Ahora ya no me parecía tan desagradable como en el momento de embarcar, aunque pensé que su aspecto mejoraría mucho con un poco de aseo y cuidado.

–¿Qué llevas en esa mochila? –preguntó curiosa.

–Medicinas, mapas y utensilios que puedo necesitar en la selva.

La risa de Ningana descubrió sus dientes blancos y perfectos.

–Si vas a la selva te sobrará todo eso. Allí sólo necesitas ser dueño de ti mismo.

–Puede ser, pero yo prefiero llevarlo por si acaso.

Busqué en los ojos de la chica aquel resplandor que tanto me llamó la atención en la oscuridad, pero no había nada anormal en su mirada. Entonces le hice una última pregunta:

–Confieso que me sorprende ver a una chica como tú haciendo este trabajo. ¿Has pensado alguna vez en volver a esa selva de la que hablas con nostalgia?

–No sabía que se me notara tanto, pero tienes razón. Adoro mi tierra, y no tardaré en volver a verla. Regresaré allí en cuanto solucione ciertos asuntos.

–Te deseo suerte, Ningana.

–Gracias. Por cierto, mi verdadero nombre es Sophie.

Sin añadir palabra giró sobre sus talones y se alejó hacia sus compañeros. Mientras contemplaba los morenos pies descalzos de aquella extraña mujer hollando la hierba de la orilla, pensé que nunca volvería a verla.

Pero me equivocaba.

El sendero procedente del río desembocaba en una especie de polígono industrial abandonado. Algo más adelante encontré una bacheada carretera que conducía hacia la ciudad.

Kinshasa, la ciudad sitiada.

Pronto llegué a un barrio marginal, un entresijo de estrechas callejuelas de tierra batida donde se hacinaban cientos de chabolas: las opulentas, de ladrillo y cemento con tejado de chapa ondulada; las humildes, de amarillento adobe y techos de bálago. Por todas partes se elevaban azuladas columnas de humo procedentes de las fogatas donde se cocían los exóticos desayunos de los más madrugadores. Al carecer de luz eléctrica, la existencia de aquella gente se desarrollaba de sol a sol, como la de los pájaros. Una sinfonía de olores desconocidos asaltó mi olfato, y por todas partes empezaban a resonar gritos y risas de niños, ladridos de perros y graznidos de loros y otros animales domésticos. Una sensación extraña recorrió todo mi cuerpo: empezaba a percibir la verdadera esencia de la vida africana. Tan remota, tan ignorada. Tan primordial.

Mi reloj marcaba las seis y diecisiete, casi la misma hora de mi aterrizaje el día anterior. Después de recorrer más de seis mil kilómetros en una sola noche, había tardado veinticuatro horas en poder cruzar un río. Estaba claro que en África todo funcionaba a otro ritmo.

Era muy temprano y aún se veían pocas personas circulando por las calles. A medida que me introducía en el corazón de la capital, aumentaban las miradas que me examinaban con recelo. Eran miradas más curiosas que hostiles, pero me hacían sentir extraño. Intruso. Ilegal. Lo peor de todo era no conocer a nadie, no saber a quién recurrir. Aparte de una curiosa estatuilla con supuestos poderes mágicos, sólo contaba con un arrugado trozo de papel donde llevaba apuntado el nombre del hotel donde Astrid se hospedó antes de emprender el fatídico viaje: «Memling.» Ésa era mi única referencia, y por allí tenía que empezar.

De pronto descubrí a dos policías que me observaban desde lejos, y entendí lo que significa sentirse realmente amenazado. Al no haber entrado en el país a través de un puesto legal de inmigración, mi visado estaba sin sellar. En África, eso podía equivaler a no tener papeles... Era un forastero perdido en un país al borde de la guerra. Un país que no me necesitaba, que no me quería. Pensé en los miles de africanos que huyen de la miseria y se introducen de manera ilegal en «nuestra» Europa, para después sufrir el rechazo de una sociedad diferente. Condenados a vivir siempre en guardia, intentando en vano pasar inadvertidos, pero sin poder evitar llamar la atención. Así estaba yo, sólo que al revés: era un blanco ilegal en un país de negros. Los policías intercambiaron unas palabras y se encaminaron hacia donde me encontraba.

Empecé a correr.

La mochila me golpeaba la espalda y me impedía ganar velocidad. Por un momento pensé desembarazarme de ella, pero no podía prescindir de mi escaso equipaje. Busqué alguno de los refugios naturales que uno espera encontrar en una gran ciudad: el portal de un edificio público, una boca de metro, la entrada de unos grandes almacenes... Pero allí no había nada de eso. Sólo calles sin aceras que poco a poco se iban llenando de bicicletas y de numerosos transeúntes. Al parecer, no había escapatoria.

Ya me creía perdido cuando me fijé en el cartel bamboleante que destacaba sobre el techo de un viejo coche. El vehículo, de color indefinible, avanzaba envuelto en la densa nube de humo que emitía su ruidoso tubo de escape: un taxi. Abrí la portezuela y me precipité en su interior sin esperar siquiera a que estuviese parado del todo, lo cual me costó un buen coscorrón. Al comprender la situación, el taxista me observó con desconfianza:

–Tendrá que bajarse. No quiero problemas con la policía.

–¡Acelere! –supliqué–. Acelere y no haga preguntas. Le pagaré bien.

–¿Tiene moneda europea?

–¡Tengo dólares!

–¡Entonces, vámonos!

El vetusto Toyota se estremeció y brincó hacia delante con un brío insospechado. El pitido del silbato policial pronto se perdió en la lejanía, ahogado por el petardeo del achacoso motor.

Lo que más me sorprendió de Kinshasa fue su extensión; nunca hubiese creído que la capital del Congo fuese tan grande: más de dos millones y medio de habitantes, la mayoría de ellos repartidos en los populosos y miserables barrios periféricos denominados *quartiers populaires.* El centro de la ciudad mostraba aún vestigios de un glorioso pasado colonial, ya en franca decadencia; casi todos los grandes edificios presentaban un aspecto de total abandono, con algunos cristales rotos y las fachadas descoloridas y cuarteadas por el paso de los años. La miseria se hacía notar por todas partes. Al igual que el taxi que me transportaba, los pocos vehículos que aún circulaban emitían densas nubes de humo a través de sus perforados tubos de escape. Llamaba la atención el pavimento desigual de las deterioradas calles y plazas, así como el sucio y descuidado aspecto de parques y jardines. Sin embargo, lo que más me inquietaba era el pesimismo que se reflejaba en los rostros de la gente, el agobio y la desesperación de un pueblo que, después de verse deslumbrado por el brillo de la civilización, había perdido la esperanza de poder llegar a él. Gente que había abandonado su verdadera identidad para correr en pos de un espejismo inalcanzable: el lejano paraíso del bienestar.

Tras despedir a mi salvador con un generoso puñado de dólares, el vetusto Toyota *Crown,* un modelo con más de veinte años a sus espaldas, se alejó perseguido por su inevitable estela de humo. Giré sobre mis talones y me encaminé a la entrada del céntrico hotel Memling, sin duda llamado así en honor del pintor flamenco Hans Memling. El establecimiento parecía bien conservado, con todo el lujo de los edificios coloniales de finales de los cincuenta. Algunos detalles, sin embargo, sonaban muy africanos, como las grandes tallas de ébano y el umbrío patio poblado de palmeras que crecían en torno a los refrescantes caños de una fuente.

Una extraña ansiedad me asaltó al pensar que Astrid había salido de allí hacia su viaje sin retorno... Sin pensármelo dos veces me dirigí hacia el mostrador de recepción. El encargado se acercó obsequioso, como si fuera el único cliente que pisaba el hotel en semanas. Pareció un poco decepcionado cuando me limité a preguntar por Astrid de Villers.

–En efecto, esa señorita se hospedó aquí, en la habitación 308, pero abandonó el hotel hace unos días.

–¿Dejó algo al marcharse, una nota, algún mensaje?

–No, nada. Recogió su equipaje, pidió un taxi y se fue sin más.

Vacilé un momento. Tenía proyectado alojarme en un hotel más barato que el sobrevalorado Memling, pero pensé que tal vez mereciera la pena el gasto suplementario.

–Es posible que me vea obligado a permanecer unos días en Kinshasa y me gustaría alojarme en este hotel.

–No hay problema, el hotel está casi vacío –los ojos del africano recobraron el brillo inicial–. La mayoría de los extranjeros se fueron al comienzo de los disturbios. Quedaron algunos periodistas, pero toda la prensa se hospeda en el Continental. ¿Me permite su pasaporte?

Sentí un acceso de temor al entregárselo. ¿Se daría cuenta de que no tenía sellado el visado de entrada? ¿Me denunciaría a las autoridades? El empleado se limitó a anotar en la ficha mi nombre y el número de pasaporte. Luego me devolvió el documento y me entregó una voluminosa llave. Suspiré aliviado.

–Aquí tiene, señor. Habitación 210, segunda planta.

Entonces tuve una idea repentina.

–Disculpe, pero preferiría la 308.

–Señor, puedo asegurarle que la habitación 210 se encuentra en perfectas condiciones –el recepcionista parecía contrariado–. De hecho, es idéntica a la que usted solicita.

–Vaya mala pata. Y eso que el hotel está medio vacío.

Entonces, el hombre sonrió al comprender mi intención.

–Ya caigo. Usted desea ocupar la misma habitación de la señorita De Villers. Bueno, la habitación sigue libre, aunque lamento decirle que no puedo ofrecérsela…

–¿Por qué?

–Porque no está preparada –bajó la voz en tono confidencial–. Llevamos meses soportando la falta de clientes, y nos hemos visto obligados a reducir personal. Sólo mantenemos a un *boy de chambre*[15] para todo el hotel.

–¿Quiere usted decir que todavía no la han limpiado? No importa. Me la quedo de todos modos.

–Créame que no puedo, señor. Las normas del establecimiento…

Deposité cuidadosamente un billete de cien francos belgas sobre el mostrador.

–Aquí tiene su llave, señor. Habitación 308, tercera planta.

Abrí la puerta y permanecí un instante en el umbral, indeciso, como si Astrid estuviera aún allí y yo temiera invadir su intimidad. Recorrí con la mirada el cuarto que ella había ocupado una sola noche. A primera vista se trataba de una habitación con una disposición algo atípica: había dos camas dispuestas en ángulo recto, unidas en sus cabeceras mediante un esquinero de madera que hacía las veces de mesilla de noche común, y donde estaban empotradas las luces individuales. Había también una mesita-escritorio y un sillón; en las paredes colgaban cuadros cuyos motivos

---

[15] *boy de chambre:* en los hoteles, criado o camarero del servicio de habitaciones.

africanos también adornaban las blancas pantallas de las lámparas. Más convencional, el diminuto cuarto de baño era accesible a través de una puerta lateral. Me acerqué a la ventana, bajo la cual ronroneaba un vetusto sistema de aire acondicionado. Coloqué la mano delante del chorro: estaba frío. Respiré hondo. Me pareció que el aroma de Astrid todavía impregnaba la atmósfera. Una de las camas estaba deshecha. Deslicé los dedos por la superficie de las sábanas, con delicadeza, como si el calor de su cuerpo estuviera todavía atrapado allí, entre sus pliegues. Sentía un nudo en la garganta. Luego me dispuse a revisar palmo a palmo toda la habitación. Ningún rincón escapó a mi detenido examen: ni el suelo, ni los cajones de las mesillas, ni tampoco el cuarto de baño o los armarios. No sabía qué buscaba, pero de algo sí estaba seguro: si quedaba algún indicio del paso de Astrid por aquella habitación, por pequeño que fuera, lo encontraría.

Y lo encontré.

Aunque no era lo que yo esperaba. El objeto estaba bien disimulado debajo de la cabecera de la cama, colgado del somier mediante una áspera cuerda de cáñamo, y lo reconocí al primer vistazo: una estatuilla con el abultado vientre recubierto de arcilla cocida.

Durante unos minutos lo sostuve entre mis manos, incapaz de asimilar el significado de aquello. ¿Quién lo habría puesto? ¿Podía haberme seguido hasta Kinshasa el maldito brujo albino? Esto último no parecía tener sentido, porque Astrid ocupó la habitación varios días antes, y Libunga se hallaba entonces en Bruselas. A menos que Libunga pudiera viajar a su antojo a través del tiempo y el espacio, debía de tener sicarios a sus órdenes aquí, en el Congo. Recordé las palabras de Bertrand acerca de las creencias de los *Bakongo,* y tomé una decisión.

Capítulo noveno

La embajada

ENTONADO tras un copioso desayuno en el restaurante del hotel, salí a la calle y comprobé la hora; todavía era temprano, apenas las nueve y media de la mañana, pero a mí no me sobraba el tiempo: tenía que ir a la embajada a pedir información. Estuve un rato callejeando desorientado: subí por la *avenue Kasa-Vubu,* el nombre del primer presidente tras la independencia. Torcí luego a la derecha y volví a bajar por la *avenue Bokasa* hasta una especie de mercado. Allí se vendía de todo, incluso objetos de marfil, a pesar de la prohibición internacional. Un grupo de mendigos y tullidos se abalanzó hacia mí con la mano extendida. Les entregué unas monedas y proseguí calle abajo, en dirección a mi hotel. En realidad había hecho poco más que dar una vuelta a la manzana.

De pronto vi algo que me dejó petrificado.

A lo lejos, entre las cabezas de la multitud que entraba y salía del mercado, asomó la pelambrera anaranjada de un *elumbu,* un negro albino. La sangre huyó de mi piel, dejándome helado a pesar del calor reinante. Me quedé sin respiración, hipnotizado por aquella mata de pelo que se proyectaba como una aureola en torno a la cabeza de su dueño. Estaba todavía lejos, y probablemente no podía verme a causa de la muchedumbre. Realicé un esfuerzo sobrehumano para recuperar el dominio de mis músculos inertes, y salí corriendo calle abajo sin atreverme a mirar atrás. Cuando paré de correr me encontraba en una avenida muy ancha: se trataba del emblemático *Boulevard du Trente Juin,* la arteria principal de la ciudad, cuyo nombre hace referencia a la fecha de la independencia del entonces Congo Belga. Apenas repuesto del susto, el paso de una columna de blindados me recordó un nuevo peligro: mi condición de indocumentado. Traté de pasar inadvertido situándome detrás de una valla que exhibía un cartel de propaganda gubernamental. En ese inoportuno momento me abordó otra pandilla de pedigüeños, esta vez niños harapientos que correteaban y gesticulaban a mi alrededor.

–*Mondele, opesa ngai mbongo* –suplicaba uno en un idioma que yo no entendía.

–*M'sieur, donnez moi l'argent* –imploraba otro en un francés rudimentario.

Rebusqué en mis bolsillos hasta encontrar un puñado de *zaires,* la devaluada moneda local, y añadí unas cuantas monedas europeas. Los chavales miraban extasiados el dinero, como si no pudiesen dar crédito a su suerte; la cantidad que les había proporcionado resultaba bastante ridícula, pero dado el bajo nivel de vida del país, para ellos debía suponer una auténtica fortuna. Por desgracia se alejaron rápidamente entre risas y gritos, sin darme tiempo a pedirles la información que necesitaba.

Ya empezaba a desesperarme cuando descubrí un rótulo que destacaba sobre la fachada de un edificio situado a pocos metros de distancia:

AMBASSADE
DU ROYAUME DE BELGIQUE

Apresuré el paso hacia allí.

La embajada de Bélgica ocupaba uno de los inmuebles mejor conservados de la capital congoleña. Fui atendido con amabilidad, aunque mi visita a la sede diplomática resultó larga e improductiva: los funcionarios se confesaron impotentes ante el caótico deterioro de la situación del país, enfrentado a una inminente guerra civil. Según dijeron, en esas circunstancias resultaba imposible llevar a cabo una expedición de rescate; incluso me aconsejaron refugiarme en el hotel y abandonar el Congo cuanto antes. Ni siquiera pudieron facilitarme una posible comunicación con los padres de Astrid, pues no existían líneas telefónicas entre ambas ciudades, separadas por cientos de kilómetros de selva. Sólo algunas misiones poseían una emisora de radio, lo que los nativos llaman «el tam-tam de los blancos», y precisamente a través de ese medio de comunicación habían sabido que los padres de la chica se dedicaban a rastrear la zona a bordo de una avioneta, aunque de momento sin resultados. Al parecer se trata de una selva muy tupida, situada en una región inaccesible.

Desoyendo aquellos consejos, decidí que tenía que encontrar a un buen conocedor de la región dispuesto a llevarme hasta el interior del país. Alguien no demasiado exigente y a quien pudiese pagar.

A la vuelta de la embajada subí a mi habitación y puse una conferencia a Bruselas para tranquilizar a mis padres. No tuve más remedio que mentir un poco, asegurando que todo iba bien. Más tarde sentí necesidad de compartir con alguien la verdad, así que llamé a Bertrand, el único en quien me atrevía a confiar.

Le pareció absurda mi obsesión de estar perseguido por el brujo.

–Ser albino es un hecho natural y relativamente frecuente en cualquier parte del mundo –se empeñó en serenarme–. Como es lógico, entre los blancos pasan casi inadvertidos, mientras que entre los africanos destacan enseguida. Supongo que verás a otros *elumbu,* así que más te vale acostumbrarte a ellos. En cuanto a tu amigo Libunga, estará muy ocupado vendiendo pócimas en su consulta de Matonge.

–¡Compruébalo!

–¿Cómo dices?

–Digo que lo compruebes. Que vayas a casa del brujo y te asegures de que sigue en Bruselas.

–¿Has perdido la cabeza? ¿Tan pronto te ha afectado el calor tropical?

–Te lo pido por favor, Bertrand. Necesito estar seguro de que ese demonio no me persigue. Bastantes problemas tengo ya con evitar los controles militares y vencer la inercia de todo el mundo.

–¿Y qué quieres que haga con ese brujo, que llame a su puerta y le pregunte si por las noches se sube a una escoba y se da un paseo por Kinshasa?

–No hace falta que hables con él. Puedes vigilar un rato para ver si sale o entra, o preguntar a algún vecino. Eso es, sólo tienes que preguntar a los vecinos si Libunga sigue ahí.

–Está bien, tú ganas. Me daré una vuelta por Matonge; hace mucho que no voy por allí. Si se entera Ivette, me echa de casa.

–No tiene por qué enterarse.

–Eso espero. Que conste que lo hago en honor a nuestra amistad, sólo para que te quedes tranquilo.

–Gracias, Bertrand. Avísame con el resultado.

–Descuida.

Mis primeras gestiones para conseguir un transporte que me llevara al interior de la selva resultaron infructuosas, y lo peor era que el tiempo apremiaba: cada día, cada hora e incluso cada minuto transcurrido reducía las posibilidades de hallar a Astrid aún con vida, así que tenía que encontrar un medio para llegar al lugar del accidente, y pronto.

Nadie parecía dispuesto a navegar río arriba en busca de los restos de un avión caído. El agravamiento del conflicto en el país parecía ser una de las razones que desanimaban a todos los propietarios y armadores, cuyos buques permanecían prudentemente amarrados en los muelles del puerto.

Como confirmación del empeoramiento de la situación, en la recepción del hotel me habían comunicado que las autoridades acababan de decretar el *couvre feu,* el estado de excepción: quedaba prohibido circular por la calle a partir de las diez de la noche.

Desesperado, recordé entonces a los contrabandistas que me habían traído desde Brazzaville al amparo de la noche, y supe lo que tenía que hacer.

Al dejar la llave en el mostrador de recepción, me encontré con el mismo recepcionista que me había facilitado la habitación de Astrid, un congoleño con quien empezaba a tener cierta confianza; al fin y al cabo, era la única persona en Kinshasa que conocía parte de mis problemas.

–*Bon soir, monsieur* Huigens –saludó–. Parece usted tener mucha prisa...

–Tengo que ir al puerto.

–¿Está seguro, *monsieur?* A estas horas estará todo cerrado.

–Tengo que acudir a un local llamado *Brasserie du Port.*

Pierre, que así se llamaba el congoleño, sacudió la cabeza con una mueca de disgusto:

–No sé quién le habrá recomendado ese sitio, pero me gustaría advertirle que no es prudente visitar un lugar como ése. Mucho menos de noche y sin compañía.

–Gracias por el consejo, Pierre, pero necesito desesperadamente encontrar a alguien dispuesto a conducirme río arriba, hasta las selvas de la región de Mbandaka.

–En ese caso, tal vez encuentre allí lo que busca... Pero tenga mucho cuidado, *monsieur* Huigens. Recuerde que a las diez de la noche se inicia el *couvre feu,* y aún existen otros peligros en la noche de Kinshasa para un blanco solitario como usted...

Capítulo décimo

Piratas de río

—HACE días que Madongu no viene por aquí.

–Pero habrá alguien que me pueda llevar a Mbandaka por el río.

–Sinceramente, no creo que encuentres a nadie tan loco como para eso, muchacho. Por culpa de la guerra hay demasiados controles a lo largo de las vías fluviales. Y a nadie le apetece habérselas con militares dispuestos a regalar tu cuerpo a los cocodrilos sólo para quedarse tu reloj y tu camisa.

El dueño del antro que ostentaba el pretencioso nombre de *Brasserie du Port* resultó ser un europeo esmirriado y de aspecto aún más sucio que el resto de los beodos congoleños que abarrotaban su local. El individuo me observaba con ojos desenfocados y acuosos; viejo y arrugado como una pasa, podía ser de cualquier nacionalidad, aunque a juzgar por su acento parecía francés. Caminaba renqueando, como si padeciera algún tipo de lesión en su pierna derecha, y sus dedos, teñidos de amarillo por la nicotina, se agitaban con fuertes temblores incontrolados. Me sirvió una botella de Primus, la cerveza local, y añadió en tono de complicidad:

–Las cosas se están poniendo muy feas por aquí. Esos africanos se han cargado ya casi todo lo que los blancos habíamos tardado décadas en construir. Son unos salvajes que no tardarán en regresar a sus antiguas costumbres, como el canibalismo...

El hombrecillo pareció aguardar alguna confirmación a sus argumentos, pero yo no los compartía y me mantuve callado. En vista de mi silencio decidió regresar a la conversación original:

–Claro que si estuvieras dispuesto a soltar buena pasta, tu problema sería más fácil de solucionar –hablaba sin mirarme, afanado en secar una pila de vasos sucios mediante un trapo aún más sucio–. Conozco un par de tipos con agallas suficientes para enfrentarse al mismísimo diablo si la paga lo merece. ¿Has traído dinero?

La imagen de un atraco a mano armada cruzó fugaz por mi cabeza.

–Ahora mismo no llevo nada encima –me apresuré a declarar, confiando en que el tipo no hubiese detectado mi titubeo–. Pero puedo intentar conseguirlo...

–Pues sin dinero aquí no encontrarás a nadie dispuesto a ayudarte –concluyó el hombrecillo zanjando la cuestión.

Aquello parecía un nuevo fracaso. Miré a mi alrededor en busca de otro posible interlocutor, pero el panorama era poco halagüeño: el diminuto local estaba iluminado con ristras de bombillas de colores, ya fundidas algunas de ellas. En un rincón se adivinaba una pequeña pista de baile, y junto a ella un equipo de sonido que distorsionaba una música de compases caribeños. Había muy pocas mujeres y la mayoría de las mesas estaban ocupadas por hombres ebrios y solitarios. La saturada atmósfera del local apestaba a cerveza rancia y a antiguas vomitonas. Pronto me di cuenta de que el dueño de la taberna no era el único que me observaba: la mayoría de los borrachos que poblaban las cochambrosas mesas de aquel tugurio parecían muy atentos a cada uno de mis gestos. Según me había advertido Pierre, aquel local solía estar frecuentado por marineros de río, hombres duros habituados a recorrer en sus barcazas todos los meandros y afluentes navegables. Pero también abundaban los peligrosos piratas fluviales, los cazadores furtivos y una gran variedad de contrabandistas y traficantes. Me pregunté si entre toda esa chusma sería posible encontrar un guía experimentado que conociera los vericuetos de la región que me interesaba... De momento, la cosa no prometía mucho: el dueño del bar se dedicaba ahora a restregar su pringosa bayeta por encima de la barra, aunque sin más efecto que el de dibujar oscuros círculos de suciedad. Entonces me miró y dijo:

–Intenta hablar con ese de allí, el blanco gordo de la camisa caqui.

El individuo en cuestión tenía un aspecto desaseado que no desentonaba en absoluto en aquel lugar. Estaba sentado en una mesa apartada, con media docena de botellas de Primus vacías por toda compañía. La verdad es que no sentí el menor entusiasmo por sentarme a negociar con aquel tipo.

–¿Cómo se llama? –quise saber.

–Roger Vangale, pero aquí todos le llamamos *el capitán.* Ahí donde lo ves era capitán de uno de los barcos que hacían la ruta entre Kinshasa y Kisangani. Pero eso fue en los buenos tiempos, antes de la independencia. Ahora tiene su propio negocio: se dedica a transportar con su pequeño barco cualquier mercancía que resulte rentable. Si le pagas bien, puede que te lleve.

–Estoy muy ocupado. ¿Quieres algo? *–el capitán* elevó hacia mí la mirada turbia de sus ojos enrojecidos.

–Si me permite un momento, quisiera proponerle un trabajo.

–Yo siempre estoy dispuesto a hablar de negocios. ¡Coge esa silla de ahí y siéntate! –ordenó con el tono de alguien acostumbrado a mandar.

Visto de cerca, Roger Vangale producía una impresión todavía más desagradable que de lejos, con su cuerpo pesado y seboso desplomado sobre la diminuta silla pintada de verde. El rostro del individuo, cuya redondez le confería un engañoso aspecto aniñado, estaba recubierto por una fina película brillante, mezcla de sudor y grasa. Observada con atención, la apariencia falsamente juvenil de sus facciones desentonaba con otros detalles de su fisonomía: los dientes mellados y ennegrecidos por el tabaco, la calvicie incipiente que asomaba bajo el mugriento sombrero de tela con el que pretendía disimularla, o la fría mirada de sus ojos grises, acechantes bajo el ala raída del sombrero. Vestía como un explorador de los tiempos coloniales, con camisa de tela gruesa y corte militar, anchos pantalones hasta la rodilla y botas altas de cuero desgastado; a pesar del intenso calor, aquella vestimenta no parecía incomodarle.

–Vayamos al grano –dijo–. Lo primero que necesito saber son dos cosas: cuál es la mercancía y hasta dónde hay que llevarla.

–La mercancía soy yo. Y necesito que me lleve río arriba, hasta los alrededores de Mbandaka.

–¡Huy, huy! Qué mal me suena eso. Parece que huyes de alguien muy poderoso. ¿Eres enemigo del actual régimen?

–No huyo de nadie. En realidad busco a alguien.

Vangale se inclinó hacia delante.

–Sigue sin gustarme, chico. Me parece recordar que al doctor Livingstone ya lo encontraron hace mucho tiempo, y que yo sepa no queda nadie más perdido por ahí.

Comprendí que no me quedaba más remedio que sincerarme.

–Mi novia viajaba en un avión que se dirigía a Mbandaka y que se ha estrellado en la selva. Quiero encontrarla.

–Bueno, eso está mejor: he oído lo de ese avión. Lo malo es que tu forma de actuar demuestra que acabas de caer de *allí arriba* –el hombre me evaluaba ahora con una mirada desdeñosa–. Me disgusta embarcarme con novatos que no conocen África: no están los tiempos para correr riesgos inútiles.

–Le pagaré bien por llevarme hasta allí –respondí moviendo los dedos en un elocuente gesto de contar billetes–. Y si encontramos el avión habrá una prima extra.

–Por fin hablamos el mismo lenguaje. ¿Traes el dinero encima?

–Puedo ser un novato en África, pero no soy tonto. Lo he dejado en el hotel.

–Eso tampoco me parece muy prudente, amigo mío. En cualquier caso, debes saber que ni siquiera en este infierno se puede comprar todo con dinero. A nadie le agrada jugarse el pescuezo así como así. Además, tus explicaciones no me terminan de convencer... Eso de emprender un peligroso viaje al corazón de la selva por rescatar a una mujer... –apuró su enésimo vaso de Primus y sacudió la cabeza–. Me temo que la última generación de románticos lleva tiempo criando malvas. Ya nadie hace ese tipo de locuras, y eso me hace pensar que sigues ocultándome algo, hijo. Eso no me gusta.

Me sentí indignado. Estaba harto de la desconfianza de aquel asqueroso individuo, y eso explica que le respondiera en un tono que me asombró incluso a mí mismo:

–¡Me importa un bledo lo que usted crea o deje de creer! Aquí yo soy el que paga y propone, y usted sólo tiene que aceptar o rechazar la oferta. No tiene que opinar sobre mis motivaciones. Si no le interesa, adiós muy buenas –me puse en pie–. Ya encontraré alguien menos suspicaz que me lleve.

Las miradas extraviadas de algunos borrachos se volvieron curiosas hacia nuestra mesa. El obeso explorador introdujo los grasientos dedos por debajo del sombrero y se rascó la calva mientras dejaba escapar una aparatosa carcajada:

–¡Ja, ja! Eso está bien: tienes mal genio y eso me gusta. Nunca he confiado en la gente que no tiene genio. Pero tú eres un ignorante. Lo primero que tienes que aprender es a respetar a los viejos pioneros, a los que hemos visto este país levantarse y volverse a hundir. No encontrarás a nadie que conozca mejor que yo ese laberinto infernal de islas, meandros y bancos de arena; ese mar de aguas oscuras, infestadas de cocodrilos, hipopótamos y soldados asesinos que es el río Congo. Aquí donde me ves, he sido capitán de un barco de transporte durante casi cinco años, y llevo otros veinticinco navegando por mi cuenta. El Congo es mi verdadero hogar, el más bello y a la vez más traicionero río del planeta. Necesitas a un experto para encontrar lo que buscas, y ese experto soy yo. También mi barco es el más rápido y mejor equipado de cuantos quedan en estado de navegar por estas aguas. Soy un profesional, y por eso me gusta mirar con lupa los encargos que me hacen. Sólo acepto cuando lo tengo todo bien claro. Aunque tú pagues, las condiciones las impongo yo: por algo soy el mejor. ¿Queda claro?

–Tal vez, pero todavía no hemos fijado el precio. Le podría pagar hasta…

–¡Shh! Chitón. No es prudente hablar de esas cosas aquí. Ven, te llevaré en coche hasta mi casa: allí fijaremos el precio y el resto de condiciones del acuerdo.

–Si es que hay acuerdo...

–Si pagas bien y me dices toda la verdad, lo habrá.

–Vivo cerca, un buen marinero nunca se aleja mucho del puerto –afirmó cerrando la puerta de un desvencijado Renault *Caravelle* de los años sesenta–. En ese antro no es aconsejable hablar de negocios.

Acompañado por un traqueteo que evidenciaba el deplorable estado de su suspensión, el viejo automóvil avanzaba a escasa velocidad. A pesar de ello, pronto escapamos del oscuro laberinto de callejuelas del puerto para enfilar la autopista de Limeté, donde mi acompañante pisó a fondo el acelerador obteniendo la vertiginosa velocidad de noventa kilómetros por hora.

–Ten cuidado y no te apoyes en esa puerta –recomendó el capitán–. Hace tiempo que unos chorizos me estropearon la cerradura, y a veces se abre en las curvas.

Minutos después el coche se detuvo ante la verja de una antigua casa de estilo colonial cuyo descuidado jardín parecía ya una antesala de la selva virgen. No había alumbrado público, y al apagar los faros quedamos sumidos en la penumbra. Abrí la portezuela del coche (o mejor dicho, se abrió sola al apoyarme en ella) y aspiré con alivio el aire puro y relativamente fresco de la noche. Roger Vangale me agarró del brazo y me condujo hacia la entrada; sentí cierta repulsión al contacto de su piel fría y húmeda, semejante a la de un sapo viejo, pero me consolé pensando que aquello no era nada comparado con los horrores que sin duda me aguardaban en la selva.

El interior de la vivienda era amplio y destartalado, con gran profusión de adornos africanos y trofeos de caza. De las paredes colgaban pieles mal curtidas cuyo pelambre se había desprendido en algunas zonas. También máscaras rituales y armas de todo tipo, desde lanzas y machetes de hechura tosca y primitiva, hasta un soberbio y bien rematado bastón de mando. Sobre estantes y hornacinas aparecían objetos más inquietantes: collares elaborados con dientes humanos, cráneos y colmillos de diversos animales e incluso una calavera humana. El propietario de todo aquello me introdujo en un salón amplio y desordenado cuyas paredes, pintadas de un deslavazado color azul, estaban salpicadas de desconchones y oscuras manchas de humedad. Por todas partes se amontonaban rifles, pistolas y cajas de munición.

–La broma te costará cinco mil dólares, muchacho, más una prima de tres mil si encontramos el cacharro, para redondear los ocho mil.

–¡Está usted loco! No dispongo de semejante fortuna. Además, por ese precio podría incluso comprar un barco mejor que el suyo.

Vangale se repantigó en su cochambroso sillón y sonrió:

–No tienes ni idea de lo que vale un barco como el mío, ni sabes lo que cuesta mantenerlo en perfecto estado en un país donde no hay ni mecánicos, ni repuestos, ni siquiera combustible en algunas ocasiones. Tampoco imaginas la fortuna que tengo que pagarle a mi tripulación. Cierto que los sueldos son muy bajos aquí, pero mis muchachos, reclutados entre los mejores marineros que quedaban, están bien pagados. Además, para un viaje como el que me propones hay que contar con muchas provisiones, armas y munición, una embarcación ligera para navegar por las aguas poco profundas de la selva inundada y…

–Está bien, señor Vangale. Pero no dispongo de tanto dinero.

–Mal asunto, chico –suspiró con gesto entristecido–. ¿Cuánto tienes?

Tras un largo regateo llegamos a un acuerdo final de dos mil quinientos dólares por el trayecto más una prima de otros mil quinientos por encontrar el avión. Después quise saber algunos detalles del viaje:

–¿Cuánto se tarda en llegar desde Kinshasa hasta Mbandaka?

–En los buenos tiempos, cuando todo funcionaba como es debido, el barco fluvial ITB que yo capitaneaba invertía apenas cuatro días en remontar la corriente del Congo hasta Mbandaka, a poco más de seiscientos kilómetros de aquí... En cambio, ahora, las pocas ruinas flotantes que aún son capaces de navegar tardan más del doble.

–Eso es una barbaridad. Yo necesito llegar cuanto antes.

–Ya te dije que tenías suerte de tratar con el mejor: mi barco supera con creces la velocidad de los antiguos ITB. Si no hay contratiempos, en dos días estaremos llegando a Irebu-Likinza, el canal del lago Tumba, a un paso de Mbandaka. Pero has dicho que buscas un avión, y un *crash* en la selva es mucho más difícil de encontrar que esa famosa aguja del pajar. Necesitamos tener una idea muy precisa de la zona en que se supone ha caído ese trasto, o tu viaje será en vano. ¿Tienes esos datos?

–La... la verdad... es que no se me había ocurrido...

–¿Te das cuenta de que otra vez tengo razón? Estabas a punto de tirar tu dinero al río, muchacho. Pero conozco un funcionario de Aeronáutica Civil y puedo telefonearle esta misma noche para que me cuente todo lo que sepa sobre ese accidente. Tendré que ofrecerle algo a cambio: te costará quinientos dólares suplementarios.

–Más dinero no. Ya habíamos llegado a un acuerdo…

–Así es como funcionan las cosas aquí, muchacho. Créeme, esa información vale la pena. Yo en tu lugar no me lo pensaría.

–Está bien. ¿Cuándo partiremos?

–Mi negocio exige mucha agilidad, por eso tengo siempre el barco preparado para zarpar en caso de emergencia. Además, dada la situación política, me gusta tener siempre los tanques llenos de combustible en previsión de lo que pueda ocurrir. Así que podemos salir mañana mismo.

–Sería estupendo…

–Claro que tanta precipitación tiene sus inconvenientes: tengo las bodegas vacías de provisiones y deberemos abastecernos por el camino. Se puede hacer sin apenas retrasarnos.

Vangale miró la hora y añadió con cierta preocupación:

–Si te alojas en el centro, más te vale salir pitando, chico. Faltan menos de diez minutos para el toque de queda, y no quisiera perder a mi nuevo socio antes de cobrar.

Consulté mi reloj y comprobé que tenía razón. Asustado, me levanté de un salto. El capitán me imitó.

–Te acompañaré a la calle y te indicaré un atajo para llegar al Memling; si tienes buenas piernas, aún llegarás a tiempo. Te recogeré en el hotel a partir de las seis, justo cuando acaba el toque de queda, ¿entendido?

–De acuerdo.

–¡Ah! Una cosa más: no zarparemos a menos que me entregues en mano la mitad de lo acordado.

–Lo haré.

–¡Ahora, corre! Y no te preocupes: tú encontrarás tu avión y yo cobraré la paga íntegra.

Tras una larga y agotadora carrera, llegué al Memling cuando ya pasaban diez minutos de las fatídicas diez de la noche.

Mi amigo Pierre me miró con una mezcla de alegría y extrañeza, como si le pareciera un milagro verme regresar con vida tras mi excursión nocturna. Me entregó la llave con una sonrisa de bienvenida:

–Me alegra verle tan pronto de vuelta, *monsieur* Huigens. ¿Qué tal le ha ido en el puerto?

–En el puerto..., bien –intenté disimular mi falta de resuello hablando despacio–, pero confieso que venía un poco preocupado por la hora y los controles militares.

–Lo importante es que ya está usted a salvo. Nadie vendrá a molestarle aquí, *monsieur* Huigens, puede dormir tranquilo. Le deseo buenas noches.

–Muchas gracias, Pierre. Buenas noches.

Mientras recorría el pasillo desierto hasta mi habitación, recordé la terrorífica carrera desde casa de Vangale. Le había mentido a Pierre: no eran los militares los que me habían preocupado. En cada cruce, cada callejón, cada portal solitario y oscuro esperaba ver surgir una figura de piel lechosa y pelo anaranjado... Eso me recordó la gestión que le había encargado al bueno de Bertrand. Abrí la puerta de la 308 decidido a llamarle enseguida para conocer el resultado de su paseo por Matonge. Segundos después marcaba nervioso la larga ristra de números.

–*Allô?* –respondió una voz que me pareció desconocida.

–Perdone, me gustaría hablar con el señor Bertrand Fougain...

–¿Albert, eres tú?

–¿Ivette? No te había reconocido. ¿Qué te pasa? Tienes la voz completamente ronca.

–¡Dios mío, Albert! Bertrand ha muerto esta misma mañana... ¡Dios mío, Dios mío! No sé qué va a ser de mí.

Sentí cómo un soplo helado paralizaba mi corazón. Permanecí unos segundos en silencio, inerte, sin saber qué decir.

–¿Bertrand, muerto? Es imposible, Ivette, no puedo creerlo.

La pobre mujer sollozaba sin parar al otro extremo de la línea, incapaz de hablar. Mientras escuchaba impotente su llanto, un terrible pensamiento se empeñaba en abrirse paso en mi cerebro:

Mbele Libunga.

–Lo siento muchísimo, Ivette. Pero me parece increíble; he hablado con él esta misma mañana... ¿Cómo ha podido ocurrir?

Cuando al fin pudo recuperar el habla, la esposa de mi ex profesor de música explicó:

–De la manera más tonta: se ha caído por las escaleras y se ha roto el cuello. Así, ¡tras!, en un momento. Estaba lleno de vida y un minuto después... ¡Ay, Dios mío!

Una escalera. Todavía estaban grabados en mi memoria los carcomidos peldaños del ruinoso edificio donde vivía el brujo albino.

–¿Escaleras...? –pregunté con un nudo en la garganta–. ¿Qué escaleras?

–Las que tú conoces, las de nuestra casa –la mujer hizo una pausa para sonarse la nariz–. Todo el mundo dice que ha sido simplemente mala suerte, como el que pierde la cartera o le atropella un coche. Pero yo sé que esa mala suerte es otra cosa. Y tú también lo sabes, Albert.

Recordé el entusiasmo que siempre iluminaba los ojos de Bertrand cada vez que evocaba los años vividos en el Congo.

Sentí una punzada de culpabilidad.

Las palabras de Ivette escondían una velada acusación; para su mente supersticiosa, yo debía de ser el causante de su tragedia. Pero ¿lo era realmente?

Capítulo undécimo

Navegando el río Congo

La calma era casi total en el patio invadido por exuberantes plantas tropicales. Tan sólo el murmullo del agua que brotaba de la pequeña fuente rompía el silencio de la noche en el centro de la capital congoleña. Casi todas las mesas estaban desocupadas, y mi única compañía consistía en una lámpara en cuya pantalla aparecía la imagen publicitaria de un avión de Sabena, un antiguo Boeing 707 bajo cuyas alas desfilaba en continuo movimiento un banco de nubes algodonosas. Por un instante sentí curiosidad por conocer el funcionamiento del silencioso mecanismo que producía aquella ilusión. Tras unos segundos de contemplación hipnótica del objeto, regresé a la realidad. La noticia de la muerte de Bertrand me había sumido en un estado pesimista y depresivo; incluso me sentía responsable de la muerte de mi amigo. ¿Qué estaba ocurriendo? Por todas partes aparecían esos objetos maléficos asociados a desgracias, como ese fetiche que había hallado en la habitación de Astrid.

Me pregunté si una estatuilla como aquélla podía realmente afectar al destino de las personas, si su presencia en la habitación de Astrid habría desencadenado el fatídico accidente de su avión. De ser así, yo también estaba amenazado. Y me pregunté la causa de la muerte de Bertrand. ¿Simple fatalidad, o un oportuno empujón propinado por alguien oculto en el rellano de la escalera? No podía olvidar las proféticas palabras de mi malogrado amigo: «Un brujo listo y sin escrúpulos siempre encontrará el modo de introducir ponzoña en tu comida, una serpiente venenosa en tu cama o cualquier otra barbaridad que se le ocurra...», a lo que se podría añadir: «algún empujón escalera abajo».

Aquellas ideas se sumaban a otras aún más negras, y las peores eran las que se imponían con más fuerza en mis pensamientos. Lo más probable era que Astrid ya estuviese muerta. Cerré los ojos y apareció ante mí la imagen de su cuerpo inerte, tendido en una postura desmadejada entre los restos del avión. Imaginé también la mirada vacía de sus pupilas dilatadas, sus labios entreabiertos, incapaces ya de volver a esbozar su alegre sonrisa... Horrorizado por aquella visión, abrí rápidamente los ojos para alejarla de mis pensamientos. Estaba en lo más profundo de una depresión. ¿Podía caer aún más bajo? A pesar del malestar que sentía, resistí la tentación de emborracharme. Ya lo había hecho una vez en el pasado, y sólo me sirvió para postergar mis penas hasta la mañana siguiente: entonces regresaron acompañadas de un inaguantable dolor de cabeza y de un malestar que duró todo el día. Por eso preferí permanecer lúcido en mi amargura, y dejarme hundir a propósito en la desesperación, con todas sus consecuencias. Volví la mirada hacia el avión de la lámpara, que no paraba de sobrevolar su interminable banco de nubes... Aquella visión me devolvió por un momento el recuerdo de nuestra despedida en el aeropuerto: Astrid viva, el sonido peculiar de su voz, la luz del sol incidiendo en su abundante pelo castaño, su mirada luminosa, su alegre sonrisa...

Y ahora podía estar muerta.

Por más que intentaba espantarlos, aquellos aciagos presagios volvían siempre a la carga, como moscas tenaces alrededor de un trozo de carne podrida. En esos mismos momentos, en algún sombrío y apartado rincón de la selva profunda, el cuerpo flexible de Astrid podía estar siendo devorado por repugnantes alimañas carroñeras. El susurro de la fuente y las siluetas oscuras de las palmeras que bordeaban el patio aumentaban el realismo de aquella representación terrible, que brotaba en mi cabeza como un negro presentimiento. Y yo nunca había creído en los presentimientos hasta verme envuelto en aquella pesadilla de brujos, talismanes y fetiches. ¡Tenía que sobreponerme a esos pensamientos y afrontar la realidad!

Me levanté con tal ímpetu que derribé la lámpara de Sabena, que al caer desveló su sencillo e ingenioso mecanismo: una turbina impulsada por el propio aire caliente de la bombilla. Sin perder tiempo en observar las patéticas piezas que habían sido capaces de provocar tan asombrosa ilusión, salí disparado hacia mi habitación. Con manos temblorosas coloqué el pequeño cocodrilo de malaquita sobre la palma de mi mano y cerré los ojos. El talismán estaba tibio y su tacto provocó una especie de hormigueo que recorrió todo mi cuerpo: el sentimiento de que Astrid aún vivía se apoderó nuevamente de mí, devolviéndome la esperanza. Deposité el talismán sobre la mesa y lo hice girar sobre su panza. Al cabo de tres o cuatro revoluciones, el objeto se detuvo en seco, con su pulida cabeza señalando hacia el noreste:

Hacia las selvas de Mbandaka.

Más tranquilo, me duché y me metí en la cama. Tenía que descansar para el largo viaje.

Los primeros rayos de sol inflamaban con su luz rojiza los bancos de bruma, ocultando las aguas del río bajo un vaporoso manto carmesí. En un apartado muelle del puerto antiguo y rodeado de barcazas carcomidas por la herrumbre estaba amarrado el barco de Roger Vangale; en realidad, un antiguo remolcador que parecía a punto de desmoronarse de puro viejo. La descascarillada pintura aparecía salpicada por ocres trazos de óxido, aunque en uno de sus costados aún podía leerse con claridad: *Ville d'Anvers,* un nombre que evocaba la lejana era colonial.

Ascendí con recelo por la angosta pasarela, decepcionado ante el decrépito estado de la embarcación. Roger Vangale pareció darse cuenta de mi desencanto, porque enseguida se dedicó a ensalzar con orgullo las virtudes de su nave:

–No te dejes engañar por las apariencias; el aspecto descuidado del exterior es puro camuflaje. En las entrañas de este viejo cascarón se esconden dos poderosos motores turboalimentados, un par de joyas de importación que me han costado un ojo de la cara, pero que me permiten moverme con toda la libertad que exige mi arriesgado negocio. Ya te dije que tardaremos apenas dos días en remontar los más de seiscientos kilómetros que nos separan de la capital del reino de *Mongonia*[16]. Ven, te lo mostraré todo con detalle.

Tuve que reconocer que el curioso navío parecía más nuevo por dentro que por fuera, y estaba remodelado con

---

16 *Mongonia: Mongonie,* nombre elegido por los independentistas de la etnia mongo para la provincia del Ecuador, que ellos consideran su nación.

sobria eficacia para servir de fortaleza flotante a su enigmático dueño. Excepto víveres, las amplias bodegas contenían todo el material necesario para una larga permanencia en la selva, incluyendo medicinas, material de acampada, rifles y municiones. Protegida bajo una gruesa cubierta de lona descansaba también una piragua bastante grande, equipada con un motor fueraborda:

–La necesitaremos para navegar por las aguas pantanosas de la selva inundada hasta dar con tu avión –aclaró Vangale mientras encendía una vieja pipa de brezo–. Por cierto, hijo, aquí soy el capitán, y te agradecería que me tratases con el debido respeto. Cuestión de mantener motivada a la tripulación.

A plena luz del día y moviéndose en su elemento natural, Roger Vangale ya no me parecía tan siniestro como la noche anterior. Quizá también se camuflaba, como su barco, bajo una apariencia desagradable.

Envueltos en la aromática nube de tabaco turco que desprendía la pipa del capitán, completamos el recorrido cruzándonos de cuando en cuando con alguno de los ceñudos marineros congoleños: la tripulación estaba compuesta por cuatro «lobos de río» congoleños, hombres recios que exhibían con orgullo sobre su piel desnuda las marcas y cicatrices de antiguas trifulcas y combates.

–El camarote del capitán, mi refugio privado –advirtió Vangale, señalando una puerta cerrada que semejaba la caja fuerte de un banco–. Éste es el único rincón del barco donde nadie puede entrar excepto yo. No se te ocurra intentarlo. Ahora te llevaré a tu propio camarote, donde podrás instalarte y dejar tus cosas.

El susodicho «camarote» consistía en un diminuto habitáculo de apenas dos metros de largo por uno y medio de ancho. Las paredes desnudas y plagadas de remaches carecían de ventanas, con una estrecha rejilla como única fuente de ventilación. Del techo colgaba una ennegrecida bombilla de escasa potencia, y el único mobiliario consistía en una mesita metálica, una silla de plástico (con una pata rota) y un camastro desvencijado con colchoneta de gomaespuma. Todo estaba muy sucio, y el suelo de madera mostraba viscosas manchas de grasa y humedad. Resultaba claustrofóbico, caluroso, deprimente... No pude ocultar mi desagrado:

–Soy el único pasajero de pago, y creo que el precio del billete me da derecho a un poco más de confort.

–Sabía que protestarías por el camarote, pero te garantizo que es el que más te conviene –el capitán soltó una carcajada y golpeó con los nudillos la oxidada puerta–; aparte de la mía, es la única puerta segura de todo el barco. Aquí tienes la llave, y te aconsejo que la utilices. Mis hombres son valientes y eficaces, pero no necesariamente honrados.

Así se inició nuestra travesía por las inquietantes aguas de color coca-cola, rodeados por la bruma matinal y el olor a gasóleo de los famosos motores turboalimentados, cuya nota grave y áspera se convirtió en permanente telón de fondo de nuestra existencia. El capitán apenas se dejaba ver; cuando no estaba en el puente de mando, permanecía encerrado en su fortificado camarote, entregado a misteriosas tareas de navegación.

El tiempo transcurría con tranquilidad, aunque me sorprendió el paisaje que desfilaba ante mis ojos: las márgenes altas y cortadas a pico pronto dejaron paso a inmensas extensiones de agua tranquila, salpicadas de tanto en tanto por islas flotantes de jacintos de agua. Bandadas de aves que casi oscurecían el cielo, riberas cubiertas de vegetación cuya monotonía se veía a veces interrumpida por populosas aldeas llenas de vida. Las aglomeraciones de chozas estaban siempre envueltas en una humareda cargada de aromas a sabrosos guisos de pescado. Tal como Vangale había predicho, pudimos aprovisionarnos sin problemas; ni siquiera era necesario detener el barco, pues bastaba aminorar la velocidad en las proximidades de los poblados para que apareciese en el acto un enjambre de piraguas y nos abordara con gran habilidad sobre la marcha. Los ocupantes de aquellas frágiles embarcaciones se mostraban ansiosos por vender o intercambiar mercancías variadas: mandioca, carne de caza, pescado, frutas y miel de abejas silvestres. Por nuestra cubierta desfilaron incluso monos vivos, y también loros, cocodrilos..., hasta una joven lechuza pescadora, un ave de gran tamaño que nos examinó a todos con sus enormes y penetrantes ojos. El río ofrecía una increíble variedad de peces comestibles, entre los que destacaban el carnoso *mongusu* y los *tilapias.* También abundaba el curioso *mormyre,* dotado de una especie de trompa, o el *wenge,* delicioso a pesar de sus múltiples espinas. Más adelante tuve ocasión de saborear pequeñas delicias, como los cangrejos de río o las *ndakalas,* también llamadas *sardinas de agua dulce.* Pero el rey indiscutible de todos los pescados del río Congo es el *lates,* llamado *capitaine* porque en los antiguos barcos era siempre el plato reservado al capitán.

Todo me resultaba fascinante, y empecé a familiarizarme con algunas palabras de un idioma que sonaba extraño en mis oídos: *mbisi*[17], *papayi*[18], *makemba*[19],

[17] *mbisi:* pescado.

[18] *papayi:* papaya, fruta tropical.

[19] *makemba:* especie de plátano de gran tamaño, que se consume siempre cocido o frito.

mángolo[20], *mbongo*[21]..., aunque no estaba muy seguro del significado de algunas de ellas. Observé que Vangale estaba muy interesado en hacer acopio de unas calabazas, cuyo misterioso contenido descubrí más adelante. Desde que habíamos abandonado el puerto de Kinshasa, el capitán parecía otro. Solía permanecer mucho tiempo reclinado sobre la barandilla del puente, oteando el horizonte. Se le veía lleno de vida y energía, e incluso su aspecto se había transformado y resultaba más agradable que antes. Aprovechando su aparente buen humor, me situé a su lado, imitando su postura:

–¿Cuándo empezaremos la búsqueda del avión? –pregunté impaciente.

–No antes de llegar al canal de Irebu-Likinza. Tengo los datos oficiales de la oficina de Aeronáutica Civil, y estoy casi seguro de que el aparato se estrelló en las inmediaciones del lago Tumba... Si todo va bien, podremos iniciar la búsqueda pasado mañana, al amanecer...

–Me emociona mucho todo esto: las aguas profundas y oscuras, los bosques impenetrables de las orillas, esas masas de vegetación arrastradas por la corriente... Me pregunto si Joseph Conrad lo vería todo así mientras remontaba este mismo río hace más de un siglo.

–Yo también he leído *El Corazón de las Tinieblas*, aunque no comparto del todo la visión de Conrad; para mi gusto, él comprendía mejor los oscuros recovecos del alma humana que las selvas africanas...

Miré sorprendido al capitán, pues no esperaba una respuesta como aquélla en boca de un pirata de río. Vangale prosiguió sin apartar la mirada del infinito:

–El río es prácticamente el mismo que Conrad navegó a bordo de aquel viejo vapor llamado *Le Roi des Belges*,

---

20 *mángolo:* mango, fruta tropical.

21 *mbongo:* dinero.

y seguirá siendo el mismo río dentro de otros cien años... Aquí todo está congelado desde los albores de la humanidad, y el tiempo discurre en otro plano. Llevo media vida recorriendo estas aguas y todo sigue igual que el primer día. Pero desde la visita de Conrad sí ha habido alguna pequeña novedad. Los jacintos de agua, por ejemplo, son recientes. Así que Conrad no pudo verlos.

–¿Los jacintos de agua son recientes?

–Sí. Esas masas de vegetación flotante que tú mismo has citado hace un momento no son africanas, proceden de América Central. Te habrás fijado en que poseen unas flores muy bellas: por eso fueron traídas al Congo. Dicen que llegaron, allá por los años cincuenta, en las maletas de un colono insensato que pretendía embellecer su mansión situada al borde del río. ¡Menuda ocurrencia la suya! La planta se propagó como una plaga, llegando incluso a cegar los pequeños cursos de agua, imposibilitando la navegación en muchas zonas.

–Pues a mí me parecen muy bonitas.

–Eso mismo debió de pensar el imbécil que las trajo. El mundo no es un simple jardín hecho para que lo adornemos a nuestro capricho. Esa planta será agradable a la vista, pero debió quedarse en su lugar de origen. Aquí nos ha cambiado por completo el paisaje natural, trastornando la vida de animales y personas.

–Conrad describía el río y la selva como un lugar silencioso, inquietante y oscuro. Yo veo todo lo contrario: gente que ríe y baila, un paisaje bello y luminoso. Todo parece repleto de vida y sonido.

–Tal vez el alma de Conrad estaba oscurecida por las atrocidades humanas que tuvo que contemplar. He conocido gente que siente pavor ante la grandeza de este río, y en parte tienen motivos para temerlo: puede resultar muy peligroso en determinadas circunstancias. Supongo que el Congo tiene tantas caras como observadores lo contemplan.

Recordé mis lecturas de física cuántica acerca de las partículas subatómicas, cuyo estado depende del observador que trata de analizarlas. En África todo parecía regirse por esa lógica confusa: el tiempo, las distancias y hasta la misma realidad eran subjetivas.

–Pero me alegra que tú admires su lado bello –concluyó Vangale–. Este río me cautivó desde el primer día, y ya no soportaría vivir lejos de él.

A partir del mediodía el calor se hizo muy intenso, sin que la brisa húmeda provocada por el avance de la embarcación lograse mitigarlo. El sudor no se evaporaba de nuestras ropas, que permanecían pegadas a la piel, por lo que decidí desabrocharme la camisa; el hecho de sentir la brisa directamente sobre la piel proporcionaba una engañosa sensación de frescura. Aburrido de pasear por la exigua cubierta, se me ocurrió bajar a visitar la sala de máquinas. Enseguida me arrepentí de mi decisión. Si al aire libre hacía calor, el cuarto de máquinas era el mismísimo infierno. Un ruido ensordecedor colmaba el reducido espacio, dominado por las dos moles vibrantes de los diesel. La brisa tórrida apestaba a grasa caliente, a gasóleo y… ¡a pescado asado! La causa del insólito aroma eran varios peces de río que se cocían envueltos en hojas de bananero sobre los ardientes tubos de escape. Una manera ingeniosa y barata de preparar la cena.

El panorama seguía cambiando a medida que proseguía nuestro avance, mientras las aguas, cada vez más oscuras, se deslizaban sin parar bajo la quilla. El cielo, cargado de nubes y humedad, parecía un cúmulo de materia sólida suspendida sobre nuestras cabezas, una masa densa y pesada capaz de desplomarse y aplastarnos. También la orilla era distinta, cubierta por una maraña de árboles gigantescos y una vegetación que se iba haciendo más espesa. Las populosas aldeas escaseaban cada vez más; ya apenas se divisaban las gráciles siluetas de las piraguas navegando en la lejanía. Todo daba a entender que nos adentrábamos en un mundo salvaje y distinto en el que pocos seres humanos osarían establecerse. Un mundo donde se suponía que podría encontrar a Astrid de Villers; pero, ¿sería eso cierto? Tal vez estaba embarcado en un viaje sin destino. Al contemplar aquellos centenares de kilómetros de tupida selva, empecé a dudar que siquiera el veterano capitán de río fuese capaz de encontrar los restos del avión. Además, Astrid podía estar ya muerta...

–¿Me puedes dar un cigarrillo?

Un marinero ya entrado en años se había situado a mi lado y me hablaba sin apartar la mirada del ancho panorama que se extendía ante nosotros. Era flaco y su piel estaba cubierta de tatuajes y cicatrices.

–Lo siento mucho, pero no fumo.

–No importa –se encogió de hombros–. Me llamo Nguma.

–Yo me llamo Albert. ¿Cuál es tu función a bordo? –quise saber.

–Mi trabajo es ocasional, pues sirvo de guía cuando hay que meterse en sitios muy difíciles. Mientras tanto me ocupo de todo un poco, especialmente de la cocina... Oye, puedo venderte un ungüento contra los mosquitos. Lo fabrica el brujo de mi pueblo con cierta planta que crece en la selva, y es muy eficaz.

Observé algunas ronchas que habían florecido en mis brazos y recordé el repelente de insectos que llevaba en mi mochila.

–No, gracias. Ya tengo un producto para eso.

–Pues no parece muy bueno, a juzgar por las picaduras que llevas encima. Y por la noche será mucho peor.

–Está bien. ¿Cuánto vale esa maravilla?

–Te cobraré sólo cinco dólares –el rostro del africano se había animado ante la posibilidad de un buen negocio.

–Te daré diez si además me consigues un poco de fruta fresca.

–Eso está hecho. Esta noche lo llevaré todo a tu camarote. ¡Ah! No le hables de nuestro negocio al capitán. No le gustan este tipo de cosas.

Mientras el viejo Nguma se alejaba riendo, volví de nuevo la mirada hacia el río. Al menos me tranquilizaba pensar que el brujo de Matonge había quedado definitivamente atrás.

La caída de la tarde trajo consigo una bajada relativa de la temperatura que todos recibimos con alivio. Poco después se produjo el ocaso más bello que jamás había podido contemplar, con un sol carmesí que escapaba con rapidez de un horizonte brumoso inflamado de tonos ardientes. En cubierta se encendieron los potentes focos que nos permitirían navegar de noche, trazando sus blancos haces incandescentes en los que brillaban millones de insectos. Fue un poco más tarde de las siete, casi a la hora de cenar, cuando hice un descubrimiento curioso: por primera vez desde el inicio del viaje, la puerta blindada del camarote del capitán estaba entreabierta. Mi curiosidad era tan grande que podía más que el temor a las represalias de Vangale, y aquel descuido me pareció una oportunidad difícil de rechazar. De repente sentía un deseo irresistible por conocer los secretos ocultos de un personaje tan singular; allí podía haber cosas interesantes: valiosos trofeos de caza, restos de antiguas expediciones, tal vez algún tesoro... Me deslicé con cautela hasta el mismo marco de la puerta, apoyé la mano en el pomo y me detuve, indeciso. Recordé la severa advertencia del capitán y traté de buscar una excusa que justificara mi presencia allí. Tanto si Vangale estaba dentro de su camarote como si me sorprendía por la espalda, le diría que le estaba buscando porque necesitaba un ungüento para una fea picadura de insecto que tenía en el pecho. Animado por la estrategia que acababa de inventar, golpeé tímidamente con los nudillos la recia plancha de hierro, que retumbó como un gong... Pasaron varios segundos y no ocurrió nada. Cada vez más envalentonado, empujé con decisión la pesada hoja de metal, que cedió en medio del ronco chirrido de sus goznes oxidados. Pocos segundos más tarde me encontraba en el interior del íntimo refugio de Roger Vangale. Al principio no encontré nada que justificara tanto recelo por parte del viejo aventurero: en el suelo había una maraña de ropa sucia, sobre la mesa yacían mapas descoloridos junto con anticuados instrumentos de navegación, y por todas partes se apilaban apolillados volúmenes que, sin lugar a dudas, databan de la era colonial... Pero no se veían objetos de mucho valor. Decepcionado, ya estaba a punto de abandonar la búsqueda cuando mi mirada inquisidora se posó sobre un objeto que reposaba en lugar destacado, sobre un estante:

El retrato de una mujer.

La fotografía era antigua y de gran tamaño, enmarcada en una vieja moldura de madera barnizada, ya carcomida por el tiempo y la humedad. El encuadre del fotógrafo mostraba a la dama de cintura para arriba, vestida con ropas propias de principios de los años sesenta; poseía una belleza delicada que sugería fragilidad, aunque los rasgos finos de su rostro estaban dominados por grandes ojos de mirada intensa. Junto a la fotografía había un viejo cofrecillo de ébano que se abría mediante un pequeño cierre de metal. El objeto estaba descolorido y con señales de haber sido manipulado infinidad de veces. Lo abrí. En su interior encontré un fajo de cartas sujetas con una cinta, tan viejas y sobadas como el cofre que las contenía. Me pareció incorrecto indagar su contenido, así que me limité a observar los sobres, en los que aparecía el nombre de Roger Vangale seguido de una dirección en la antigua Stanleyville; la letra, apretada y redonda, sugería juventud e ingenuidad. Otro sobre más pequeño contenía un mechón de cabello que coloqué con delicadeza sobre la palma de mi mano: una mecha de color castaño cuyo brillo apenas había logrado apagar el paso del tiempo. Al aproximarlo a mi nariz, me pareció captar un tenue y suave efluvio procedente del pasado…

Fue en ese preciso momento cuando el capitán irrumpió en su camarote.

Capítulo duodécimo

Encuentro en Yumbi

TRAS una noche en vela a causa del calor y el estruendo de las máquinas, me incorporé con esfuerzo y aparté los restos de la fruta que Nguma, fiel a nuestro pacto, me había traído la noche anterior. El olor intenso del famoso y eficaz ungüento anti-mosquitos todavía flotaba en el ambiente viciado del camarote. Lo primero que hice fue abrir de par en par la puerta para dejar paso al aire húmedo y limpio del río. Minutos después abandoné mi claustrofóbica celda y me dirigí al puente. Aún resonaba en mis oídos la reprimenda del capitán, indignado al descubrirme metiendo las narices en sus recuerdos más sagrados. Sin embargo, la cosa no fue tan terrible como yo había temido: al fin y al cabo, yo era su cliente.

Mientras desayunaba un buen tazón de café caliente acompañado de plátanos fritos untados con miel de abejas silvestres, busqué a Vangale con la mirada. Estaba encaramado en el techo de la cabina de su barco, oteando el horizonte cual viejo pirata de antaño, y su silueta rechoncha se recortaba frente al conjunto de nubes y árboles que desfilaban a lo lejos. Por un momento sentí cierta admiración –también una pizca de envidia– por el modo de vida del singular personaje. Aquel hombre era sin duda una de las pocas personas auténticamente libres que aún quedan en nuestro planeta, por desgracia una especie en vías de extinción. Me fijé en su aspecto, con la camisa y los calzones agitados por el viento, la mano sobre los ojos y los músculos tensos. Parecía otro. Aquélla era la verdadera imagen del aventurero: no era joven, ni poseía un cuerpo atlético prefabricado en un gimnasio, ni tampoco la mirada acerada de un galán de Hollywood, pero era real. Nunca se podría reproducir en el cine un personaje como aquél, sencillamente porque ningún actor sería capaz de simular la energía tremenda que emanaba de su persona. Incluso su cuerpo grasiento y sudoroso, tan patético mientras descansaba sobre la silla desvencijada de la *Brasserie du Port,* exhibía ahora el donaire de un animal salvaje en su propio elemento.

Un animal salvaje y peligroso.

Vangale vino a mi encuentro a media mañana. Pensé que aún estaría enfadado por mi indiscreción del día anterior, pero no quedaba vestigio alguno de resentimiento en su voz cuando dijo:

–Me gustaría ponerte al corriente de la situación. Para ser franco contigo, vamos un poco retrasados.

No pude ocultar mi disgusto.

–Cada día, cada hora, incluso cada minuto puede ser vital. Usted prometió que llegaríamos esta noche al canal del lago.

–Y llegaremos, pero una o dos horas más tarde de lo previsto. Anoche hablé por radio con Claude Befalenga, un congoleño que tiene su propio barco y se dedica al mismo negocio que yo. Somos rivales, pero nos ayudamos mutuamente frente a las patrullas del ejército, nuestro común enemigo. Me dijo que los controles militares se han vuelto peligrosos, así que desde ese momento estamos navegando por canales poco profundos, entre islas, siguiendo unos laberintos que ningún otro barco se atrevería a utilizar por miedo a embarrancar. Así hemos conseguido pasar Bolobo sin ser descubiertos.

–No me he enterado.

–Lo hicimos de madrugada, a media máquina y con todas las luces apagadas, mientras tú dormías tranquilamente en tu camarote. Bolobo es un pueblo importante y tenía pensado hacer una breve parada. Pero es precisamente uno de los lugares que Befalenga me ha aconsejado evitar: hay un nuevo destacamento militar y nos habrían extorsionado para dejarnos seguir. En su lugar atracaremos en Yumbi. Ya casi estamos llegando. Es una pequeña población, pero posee un mercadillo donde haremos el último acopio de provisiones frescas.

–Podemos aprovechar para preguntar a los lugareños si han oído algo acerca de un avión caído en la selva.

–Es pronto para eso; todavía nos quedan casi doscientos kilómetros desde Yumbi hasta Irebu. Por suerte, el río se ensancha y hay abundantes canales entre las islas que nos permitirán evitar los controles militares, de modo que podremos navegar a toda máquina. Si todo va bien, llegaremos por la noche. Ya te puedes ir despidiendo de tu camarote, al que acabarás echando de menos: mañana subiremos a la piragua y empezará la verdadera aventura.

Yumbi era un pueblo pequeño y apacible, con un viejo barco encallado junto a su diminuto muelle. Era la primera vez que el *Ville d'Anvers* se detenía del todo, y noté una extraña sensación en los oídos cuando se apagaron los motores. El capitán me aseguró que apenas perderíamos unos minutos en aquella escala, y me invitó a bajar a tierra para estirar las piernas y conocer el pueblo. Reconozco que me pareció una excelente idea. Pero antes de desembarcar ocurrió algo que me desconcertó.

Al cambiarme de ropa noté que el talismán se había calentado casi tanto como aquella vez en Matonge... Francamente asustado, me pregunté cuál podría ser la causa del fenómeno. Por si acaso decidí dejarlo en el barco, escondido en una oquedad de mi colchón de espuma. Luego cerré con llave la puerta del camarote y me uní al grupo que en ese momento descendía por el angosto tablón que servía de pasarela.

Un grupo de personas, entre ellas varios militares, se habían acercado a recibirnos. Se me escapó un suspiro de alivio cuando los soldados saludaron a Vangale como a un viejo amigo, mientras éste repartía entre ellos algunos cartones de cigarrillos y pequeños fajos de devaluados zaires. Un tropel de niños nos rodeó como una nube de moscas, riendo y pidiendo regalos. Escoltados por toda esa multitud ascendimos desde el puerto a lo largo de una estrecha calle de tierra, un largo camino bordeado de palmeras de aceite y casas de barro que conducía directamente al mercadillo. A la sombra de unos viejos techados de chapa ondulada se agrupaban varios tenderetes, algunos de ellos simples esteras extendidas sobre la tierra mojada. Al olor penetrante de la *tshikwanga,* una especie de pan de mandioca fermentado en un envoltorio de hojas verdes, se unían aromas de especias, olor a frutas ácidas y a pescado seco. También flotaba en el ambiente cierta pestilencia cuyo origen parecía ser un par de monos muertos cubiertos de moscas y en avanzado estado de descomposición. Además de comida se vendían telas, linternas, lámparas de petróleo, tabaco y un sinfín de baratijas y prendas de vestir, todas visiblemente usadas. Me llamó la atención el regateo de las mujeres, casi siempre dobladas por la cintura y agachadas en incómodas posturas. Según me explicó Vangale, solían pasar así horas enteras.

El capitán se detuvo a negociar la compra de un racimo de plátanos y un par de aquellas famosas calabazas, que en realidad contenían un aguardiente a base de nuez de palma, licor amargo que el capitán consumía con excesiva frecuencia. Mientras tanto yo me separé de la tripulación para explorar algunos puestos que exponían animales. En uno de ellos había dos pequeños cocodrilos muertos. Me llamó la atención que estuvieran colocados frente a frente, en una pose similar a las figurillas del talismán. Instintivamente me llevé la mano al bolsillo vacío... De pronto, uno de los cocodrilos del tenderete cobró vida y, con las fauces abiertas, se abalanzó sobre mí...

Apenas tuve tiempo de retirar el brazo cuando las mandíbulas del reptil ya se habían cerrado con un chasquido viscoso. Al principio pensé que me había librado de la mordedura, pero unas gotas de sangre en el dorso de mi mano derecha señalaban el lugar en el que los afilados dientes habían logrado arañar mi piel. Muy asustado, levanté la mirada hacia el dueño del puesto... y entonces el susto se convirtió en pánico. Creí que mi corazón dejaba de latir: un rostro conocido me observaba con una sonrisa malévola dibujada en los labios...

Frente a mí estaba Mbele Libunga, el brujo albino.

Incapaz de moverme ni de gritar me quedé allí parado, como un pajarillo hipnotizado por una serpiente. Libunga continuaba sonriendo, y su voz terrible pronunció unas palabras que me helaron la sangre en las venas:

–Ahora estás en mi terreno, *mondele,* y no podrás escapar. Has intentado eludirme, pero soy un *nganga* y a mí nadie me puede engañar. En estos momentos tu chica ya habrá muerto. Todo por culpa tuya. Para ella ya es demasiado tarde, pero tú aún puedes salvarte. Ve al barco ahora mismo y tráeme el *keta-konza...* Es tu última oportunidad.

No recuerdo cómo recuperé el movimiento, pero me encontré de pronto corriendo y tropezando entre el gentío, en medio de las protestas de algunas mujeres cuyas palanganas volcadas habían esparcido sobre la tierra las frutas y fritangas que contenían. No paré de correr hasta haber alcanzado la cubierta del barco de Vangale.

–¡Vámonos enseguida! –le supliqué al atónito capitán–. Él está aquí. El brujo nos ha adelantado y está aquí.

Capítulo decimotercero

El relato del capitán

Los motores zumbaban a toda potencia cuando me encontré de nuevo en el camarote del capitán, esta vez por invitación suya. Su interior ya empezaba a resultarme familiar, presidido por aquel retrato enigmático que demostraba que alguna vez hubo un oasis de dulzura en el turbulento pasado del encallecido aventurero. Intenté imaginar a un Roger Vangale mucho más joven y menos curtido, caminando ilusionado de la mano de la dama desconocida, acariciando su melena castaña y mirando con ternura aquellos ojos cuya fuerza interior tan bien había logrado captar el fotógrafo en apenas una fracción de segundo. Me pregunté qué habría sido de aquel misterioso fantasma del pasado, si estaría muerta o si, por el contrario, seguiría con vida en algún rincón de la vieja Europa. No me atreví a preguntárselo, pero no me cabía la menor duda de que su recuerdo perduraría para siempre en la memoria del viejo bandido, por más que éste se esforzara en ocultar a los ojos de sus hombres ese aspecto tierno de su personalidad que podría ser interpretado como una debilidad. La voz del lobo de río cortó el hilo de mis reflexiones. Desde el otro extremo de la mesa atestada de mapas, Vangale me miraba con fijeza:

–Comprenderás que no puedo tragarme esa historia absurda. Más bien creo que has sufrido una alucinación: te asustaste tanto cuando te atacó el cocodrilo que imaginaste ver a ese brujo de Bruselas.

–Aceptaría esa explicación si no fuera por otros fenómenos que han ocurrido antes. Incluso un amigo mío ha perdido la vida en Bruselas...

–No has debido ocultármelo –frunció el ceño–. ¿Y cómo piensas que viaja ese brujo? Para poder adelantarse a mi barco tendría que ser capaz de... volar.

–Tal vez lo haga. Hace quince días me habría reído de una sugerencia como ésa, pero después de lo que ha sucedido ya estoy dispuesto a aceptar cualquier posibilidad.

–Reflexiona un poco. Si ese tal Libunga fuera tan poderoso como dices, le habría bastado con presentarse dentro del barco y llevarse ese talismán. No tiene sentido... A menos que tu brujo vuele de forma más prosaica...

–¿Qué quiere decir?

–En Loukolela hay un pequeño aeropuerto oficialmente cerrado, aunque pequeñas avionetas de cazadores furtivos y de contrabandistas de marfil todavía lo utilizan.

–¿Está lejos de aquí?

–Loukolela se encuentra a unos cien kilómetros río arriba. Al otro lado de la frontera y en territorio del antiguo Congo Francés.

–Está lejos.

–No tanto. A favor de la corriente y con una piragua rápida se tardarían apenas seis o siete horas, algo menos si la piragua lleva motor –la mirada de Vangale adquirió cierto brillo–. Si ese brujo ha sido capaz de alquilar una avioneta, significaría que es muy listo.

–Más listo que yo. Debería haber hecho lo mismo.

–No digas tonterías. Sin mi barco y mi experiencia nunca podrías llegar hasta el avión. Bueno, me parece que ha llegado la hora de que me lo cuentes todo. Ya ves que yo tenía razón al sospechar que me ocultabas algo. Todos los que contratan mis servicios lo hacen, y se ve que tú no eres la excepción.

–La verdad es que ni yo mismo estoy muy seguro de entender lo que ocurre.

–Pues intenta explicármelo y tal vez lo entendamos entre los dos.

Le hice un resumen de los acontecimientos a partir del momento en que Astrid me entregó la mitad del talismán. Cuando acabé el relato, el capitán resoplaba como una locomotora de vapor.

–Muy feo..., muy feo –repetía–. Ese Libunga tiene toda la pinta de pertenecer a una de esas sociedades secretas que han proliferado por aquí en los últimos tiempos. Suelen ser muy peligrosas, y nadie en su sano juicio se atreve a meterse con ellas, ni siquiera el ejército. Podrías estar metido en un buen lío, y lo peor de todo es que me vas a enredar a mí también. ¡No estoy dispuesto a aceptarlo! Ni talismanes, ni maleficios, ni brujos asesinos estaban en el trato, así que te dejaré escoger: o te vuelves conmigo a Kinshasa ahora mismo, o te quedas en Irebu y te las apañas tú solito.

Por el tono de su voz y la dureza de sus pupilas comprendí que no bromeaba. Me arrepentí de no habérselo contado todo desde el principio, pero ya era tarde. Ahora estaba en su barco, en sus manos...

–Usted y yo hicimos un trato, y ahora no puede dejarme en la estacada. Me arrepiento de no haber sido franco con usted, pero es lógico que no me atreviera a confiar en un desconocido. Desde que estoy metido en este embrollo he aprendido a recelar de todo y de todos. Usted, capitán, por muy duro que quiera parecer ahora –señalé hacia la fotografía de la dama–, creo que sabe lo que significa amar a una mujer. Ignoro quién es ella, aunque apuesto a que habría hecho lo mismo que yo por rescatarla de una muerte atroz...

Vangale descargó un puñetazo en la mesa que hizo volar algunos mapas.

–¡Silencio! No te atrevas a meterte en mis asuntos personales. Hace mucho tiempo que ya no tengo fibras sensibles, ¿comprendes?

–Está bien, capitán, no se enfade.

–A ver, enséñame tu maldito talismán.

Apenas colocado sobre la mesa, el cocodrilo de malaquita nos obsequió con uno de sus mejores bailes: giró dos o tres veces sobre sí mismo, para quedar luego inmóvil apuntando hacia algún lugar desconocido. El capitán movió el objeto con la punta de su dedo índice, y sonrió al comprobar que siempre volvía a su posición.

–Es curioso. Llevo más de treinta años recorriendo este país y nunca había visto nada igual.

Colocó una vieja brújula de bronce al lado del cocodrilo y sacudió la cabeza con incredulidad.

–Nunca había visto nada parecido –insistió–. Es sorprendente, no se parece a ningún otro fetiche o *nkisi* de los muchos que conozco. Habrá que enseñárselo al viejo Nguma: él conoce estas cosas. Esto me recuerda una historia que me contaron hace mucho tiempo, cuando yo era capitán de un gran barco de la compañía Otraco...

Cada vez que rememoraba sus años gloriosos, un brillo soñador iluminaba las pupilas de Vangale.

–Había un viejo maquinista congoleño que siempre se negaba a salir a cubierta a partir del anochecer. Intrigado por su comportamiento, lo llamé en privado para averiguar sus motivos. El anciano, próximo ya a la jubilación, me sorprendió por su gran inteligencia y enormes dosis de sentido común. Al principio parecía reticente a sincerarse con un *mondele* que sin duda se reiría de sus creencias. Finalmente le convencí para que me narrase su historia...

–Me gustaría conocer esa historia, capitán. Sobre todo si guarda relación con mis problemas.

Vangale sacó dos pequeños vasos de un cajón y los llenó hasta el borde con el licor de una de sus calabazas. No me apetecía en absoluto probar aquel brebaje amarillento, pero pensé que rechazarlo podía estropear la buena disposición del capitán.

–Recuerdo bien al viejo maquinista –prosiguió Vangale tras un largo sorbo de licor–. Se llamaba Washato, y se había criado en Ngeromonjoie, un poblado que, por cierto, se encuentra en nuestra ruta, al final del paso hacia el lago Tumba. Sin embargo, Washato no había nacido allí; su familia era originaria de la margen meridional del lago, la más alejada y desconocida. Pertenecían a la tribu de los botaka del interior: *los verdaderos botaka,* como él solía decir. El pueblo botaka siempre ha permanecido aislado, rodeado de un aura de misterio, y los relatos del maquinista no hacían sino corroborar esa impresión. Por ejemplo, Washato decía que desde pequeño supo que en las aguas frías y oscuras de su lago vivían las temidas *mamí-watá,* las sirenas-bruja, y que su pueblo era el único que se atrevía a tratar con ellas.

–Las sirenas-bruja... –repetí asombrado–. ¿Es una broma?

–Una leyenda. De las muchas que circulan por estas regiones. Un científico que viajó conmigo en cierta ocasión aseguraba que las *mamí-watá* existen, pero no son más que una especie de grandes mamíferos acuáticos, unos bichos parecidos a las morsas y emparentados con los dugongos y los manatíes de América del Sur. Decía el sabelotodo que cuando las anchas cabezas de estos animales emergen del agua en la semioscuridad de la noche, pueden confundirse con una mujer. Las hembras poseen incluso glándulas mamarias semejantes a pechos femeninos.

–Pues parece una explicación muy lógica.

–Lo parece... Otros europeos prefieren pensar que son simples alucinaciones surgidas de la supersticiosa mente de los ribereños del interior... Pero yo no estoy de acuerdo. Son demasiados los que juran haberlas visto. Yo mismo...

El capitán titubeó mientras me evaluaba con una mirada algo velada por los vapores del licor amarillento. Finalmente pareció estimar que yo era digno de seguir escuchando.

–... Yo he visto una *mamí-watá* –concluyó.

–¿Que usted...?

–Así es, amigo mío. Claro, puedes tomarme por loco si te apetece. La verdad es que me importa un bledo lo que pienses. Aunque por si te interesa te diré que aquello que vi no tenía nada que ver con una morsa...

Guardé silencio mientras Vangale rellenaba por quinta o sexta vez su vaso y yo fingía beber del mío. Por primera vez me sentí agradecido al abominable licor de la calabaza: estaba seguro de que el capitán nunca me habría confiado todo aquello sin su ayuda. Vangale había adoptado de nuevo aquella expresión ausente y mirada soñadora propias de quien bucea en sus recuerdos lejanos.

–Sucedió durante mis primeros años en el Congo, antes incluso de conocer a Washato. Recuerdo con dolor aquella época de mi vida, pues acababa de perder a mi amada Jacqueline... Pero volvamos a la sirena-bruja: ocurrió precisamente en el interior del lago Tumba, durante uno de mis primeros viajes como oficial de la Otraco. Nos habían ordenado navegar hasta Bikoro a fin de prestar ayuda a una barcaza de suministros que había encallado cerca de allí; por desgracia, nos sorprendió una terrible tormenta y el vendaval nos empujó hacia unos bajíos, donde encallamos. De este modo casual descubrimos que existe una isla en medio del lago Tumba, un islote cubierto de selva que inexplicablemente no figura en ningún mapa, a pesar de medir más de un kilómetro de longitud. La furiosa tempestad amainó pronto, pero nos quedamos inmovilizados en los escollos de aquel lugar solitario y desolado.

La mirada de Vangale se posó en el antiguo retrato y sus ojos se humedecieron. Yo me mantuve sumido en un prudente silencio hasta que decidió seguir hablando.

–Jacqueline acababa de fallecer unas semanas antes... Solía acompañarme en todos mis viajes, hasta que un día enfermó de unas extrañas fiebres. No pudimos hacer nada por ella, y murió muy pronto, incluso antes de llegar a puerto. Por esa razón yo me encontraba ausente y deprimido cuando las rocas de aquel islote infernal rompieron el eje de la hélice, dejándonos a la deriva...

»Conseguimos comunicar nuestra situación por radio, pero nos dijeron que la ayuda tardaría al menos dos días en llegar. Nunca antes había estado en un paraje tan silencioso y lúgubre, donde la selva de la cercana isla parecía irradiar una extraña malignidad, como si se dispusiera a absorber nuestra alma... Al principio achaqué aquella impresión destructiva a mi propia amargura, pero estaba equivocado. Existen regiones misteriosas, *zonas de calma* que los nativos evitan por considerarlas malditas. Ellos las llaman *nzamba ya liwá,* que significa «selva muerta», y ya eran conocidas por los primeros europeos que exploraron el continente africano.

–Nunca lo había oído.

–Pues yo conozco varias alusiones muy claras. En uno de sus libros, *Las profundidades del mar verde,* el explorador belga Frederik van Gaelens hacía una excelente descripción de estos lugares. Me impresionó tanto que me la aprendí de memoria: *«En las frondosas selvas del Congo existen lugares desolados donde el corazón se encoge y el alma tirita de pavor. Incluso la vida animal rehúye esos pozos de tinieblas, en los que el bullicio habitual de la vida selvática ha sido velado por la gélida mortaja de un silencio sepulcral.»*

Las palabras del capitán trajeron a mi memoria cierta horrible pesadilla que ya creía olvidada, y sentí una especie de escalofrío. El miedo de que Astrid hubiese podido ir a parar a una de esas selvas muertas me asaltó de repente. Intenté pensar en otra cosa:

–Iba usted a hablar de la sirena-bruja.

–Así es. Sucedió la primera de las tres noches que tuvimos que pasar junto al espantoso islote. Lo recuerdo todo muy bien: hacía calor y yo estaba harto de sudar y dar vueltas en mi litera, sin poder conciliar el sueño, de manera que decidí salir a cubierta para estirar las piernas y fumarme un cigarrillo. Como siempre, aquel lugar permanecía silencioso e inanimado; daba la impresión de que allí el tiempo hubiese dejado de fluir. La luna llena vertía una luz inexpresiva sobre las aguas del lago, que resplandecían como plomo derretido... De repente, un rizo agitó la plateada superficie y apareció una estela que avanzaba recta hacia el barco, como un torpedo, justo hacia donde yo me encontraba. Retrocedí instintivamente unos pasos, pensando que se trataría de un cocodrilo. Me quedé boquiabierto cuando una cabeza redonda y bien formada emergió junto al casco y un par de ojos brillantes e inquisitivos se me quedaron mirando. Era una cabeza de mujer. Recuerdo que el cigarrillo cayó de mis labios mientras yo maldecía mi infame adicción al aguardiente de palma, aunque luego recordé que llevaba sin probarlo desde el fallecimiento de Jacqueline. Ella detestaba esa bebida, y cuando murió había jurado no volver a probarla... Promesa que no he podido cumplir...

–Sí, pero ¿que ocurrió entonces? –interrumpí intrigado.

–La *mamí-watá* y yo permanecimos muy quietos bajo la fría luz del astro de la noche, mirándonos directamente a los ojos. Aunque no podía vislumbrar más que su cara, su grácil cuello y parte de sus hombros, se notaba que aquel busto pertenecía a una mujer joven y de gran belleza. Su mirada era viva e inteligente, cargada de curiosidad. De pronto, aquel ser profirió una especie de alegre carcajada y desapareció bajo la superficie. Volví varias veces a cubierta durante las noches siguientes, aguardando en vano la reaparición de aquella criatura misteriosa que nunca regresó...

Ante la expresión ensimismada del capitán me sentí obligado a guardar unos minutos de silencio. Luego me atreví a preguntar:

–¿Cuál era el aspecto de la... sirena? ¿Acaso tenía escamas, aletas o algún otro detalle animal?

–Parecía una mujer normal. Quizá el único detalle extraño eran sus ojos, que emitían un brillante destello cada vez que la luz de la luna incidía en ellos.

–¿Le ha contado usted esa experiencia a alguien más?

–Años más tarde decidí hablar de ello con Washato, mi maquinista, que aseguraba conocer bien a esas inquietantes criaturas. Me dijo que ese brillo era lo único que permitía distinguir a una sirena-bruja de una mujer normal.

También me habló de Kwasa, la reina de las sirenas-bruja, a quien conoció personalmente. Pero no era a las *mamíwatá* a quien temía el viejo marinero, sino a una secta de brujos perversos capaces de invocar a los demonios del lago... Y aquí es donde viene a cuento lo de tu talismán: Washato decía que la furia de los demonios se había desatado cuando alguien robó el talismán de las sirenas-bruja, regalo de un dios cuyo nombre no recuerdo y que permitía contener la furia de los demonios. La avaricia de los brujos acabó partiendo la reliquia en dos. Desde entonces esos demonios del lago vagan sueltos y suceden cosas espantosas, especialmente durante la noche. Por eso el viejo maquinista se negaba a salir a cubierta después de la puesta del sol. La reina de las sirenas-bruja predijo que las desgracias únicamente cesarían cuando el talismán volviera a ser uno solo.

–¿Cree usted que este cocodrilo de malaquita podría ser parte de esa leyenda?

–Ni lo creo ni lo dejo de creer. Pero al menos tenemos un instrumento que nos conducirá derechos al objetivo.

–¿Significa eso que ha decidido no abandonarme? Porque yo pienso seguir de todas formas...

–Mira, chico: me doy perfecta cuenta de que tengo unos cuantos vasos de *lotoko*[22] en la sangre, y no estoy en condiciones de tomar decisiones. Pero reconozco que tu historia se está poniendo interesante, y nunca hasta ahora había renunciado a una prima extra. No me importa si esa cosa es o no realmente mágica, siempre y cuando me ayude a conseguir los mil quinientos dólares de la prima. De momento será la brújula que nos lleve hasta tu chica...

---

22 *lotoko:* aguardiente de palma.

Capítulo decimocuarto

La tormenta

El sol rozaba ya el horizonte cuando Nguma, el viejo guía que hacía las veces de cocinero, aulló su llamada a la cena:

–¡*Koliiiiaaaa!*

Con una agilidad sorprendente para su volumen, el capitán se descolgó de su observatorio en lo alto de la cabina y se reunió con los demás alrededor de la pila de cajas amontonadas que se había convertido en improvisado comedor, un comedor al aire libre sobre la misma cubierta del barco. Nguma dispuso los alimentos sobre la caja más grande, que hacía las veces de mesa; junto a un plato lleno de taquitos de carne de mono ahumada colocó una bandeja donde descansaba un pescado de gran tamaño, que me llamó la atención por el aspecto temible de su cabeza, con sendas hileras de afilados dientes asomando de la boca entreabierta. Como de costumbre, los marineros congoleños comían en silencio; estaba claro que eran hombres de pocas palabras.

Desde que zarpamos de Kinshasa apenas habían intercambiando entre ellos algún breve comentario en su lengua nativa. En cambio, el capitán se mostraba más locuaz:

–Es un *mbenga* o *pez-tigre* –aclaró señalando el enorme pez–. Un animal muy voraz, pero delicioso a la hora de ser comido a su vez.

–¿Es peligroso para las personas? –pregunté mientras me servía un trozo de aquella criatura inquietante.

–Algunas veces. Su mordedura es mucho más peligrosa que la de una piraña suramericana: puede arrancar con facilidad una oreja, un dedo, o incluso la mano entera. Por suerte, el *pez-tigre* aún no ha aprendido a cazar en grupo.

–El *mbenga* siempre muerde en la planta de los pies –observó Nguma.

–Eso parece –Vangale parecía dispuesto a explicar todo lo relacionado con aquel curioso habitante de las profundidades–. En medio de las oscuras aguas de los ríos africanos, el *pez-tigre* confunde la planta de los pies de los nativos, de color más claro, con algún pez de menor tamaño. En cambio los blancos tenemos más suerte, pues nos ven enteros y debemos de parecerles demasiado grandes.

–Curiosa historia –comenté paladeando la carne firme y sabrosa del *mbenga*–. El caso es que está muy bueno.

–Pronto tendremos tormenta –anunció el capitán levantando la vista hacia el horizonte–. Habrá que aminorar la marcha, y eso nos retrasará otro poco.

–¿Más retrasos? A este paso no llegaremos ni mañana.

–Todavía no has captado la realidad africana –hizo una pausa para exhalar un prolongado eructo–. Olvídate de los horarios precisos y de los pronósticos a corto plazo. Aquí nada es previsible y nunca se sabe a ciencia cierta lo que va a ocurrir. Cuando te acostumbres, comprobarás que es mucho más divertido vivir así que en un mundo donde todo está programado de antemano.

–Todo eso me parecería estupendo si no fuera porque ha transcurrido una semana desde que el avión se estrelló. Y mientras nosotros estamos comiendo tranquilamente y perdiendo el tiempo en discusiones filosóficas, mi novia puede estar a punto de perder la vida. No me sea usted fatalista y dedíquese a cambiar las reglas. ¡Haga que por una vez se cumplan las previsiones! Para eso le pago.

–¡Cuida tus modales, jovencito! Sobre todo delante de mi tripulación. Ya te dije que a bordo de este barco mando yo. Llevo treinta años navegando por estas aguas y sé lo que supone una tempestad en este tramo del río: no voy a permitir que nos vayamos a pique por ganar algo de tiempo. Si tu chica ha podido sobrevivir todos estos días, supongo que aún aguantará unas horas más.

Me mordí la lengua y preferí callar. Había una verdad indiscutible en las palabras del capitán: él era el amo a bordo. Le miré de reojo mientras engullía con avidez el contenido de su plato. Capaz de orientarse a través de un país tan grande como cinco veces España, el capitán era un espécimen de otro mundo, de otra época; ni siquiera conocía la existencia de sistemas de navegación por satélite... Aunque tampoco parecía necesitarlos.

La negrura del cielo tormentoso pareció adelantar la llegada de la noche. Con aquellas sombras nos alcanzaron también fuertes ráfagas de viento y algunos goterones precursores del temporal. Las aguas se encresparon de improviso con una violencia impensable en uno de nuestros diminutos ríos europeos; las olas alcanzaban más de un metro de altura, y decenas de relámpagos rasgaban el cielo iluminándolo todo con una luz intermitente y fantasmagórica. El río Congo demostraba ahora todo el poder de su fogoso temperamento. Por primera vez desde que zarpamos de Kinshasa, el ronroneo de los motores dejó de oírse, ahogado bajo el estruendo de los truenos y el repiqueteo furioso de la lluvia contra la chapa metálica de la cabina. Vangale redujo la velocidad de la embarcación y la aproximó a la orilla, aprovechando el recodo de una pequeña ensenada. Desde su puesto de mando, el capitán aullaba escuetas órdenes incomprensibles para mí:

–*¡Kangá masíni! ¡Bwáka longó, nokí-nokí!*

Me acerqué a él para preguntarle qué ocurría.

–Hay que parar –dijo en un tono de mando que no admitía réplica–. La tormenta es más fuerte de lo que esperaba. Con esta lluvia es imposible ver las señales de navegación, así que fondearemos hasta que amaine. No te asustes, hemos echado el ancla y no corremos peligro de ir a la deriva. Ven, entremos en mi camarote. Aquí no hay quien aguante.

Comparado con el exterior, abajo reinaba una calma relativa, aunque el estampido de los truenos y el furioso golpeteo de la lluvia y las olas contra el casco nos obligaba a hablar a voces.

–Antes ha hablado usted de señales –me dejé caer resignado en una de las sillas de madera–. Yo no he visto ninguna de esas señales en todo el trayecto.

El capitán se quitó el sombrero y lo escurrió con parsimonia. Un pequeño charco de agua sucia empezó a formarse entre sus pies.

–Claro que hay señales –afirmó–. Siempre han estado ahí, desde antes de la independencia, y nadie las toca. Sin ellas sería imposible moverse por todo este laberinto de islas, afluentes y bancos de arena sin perderse o encallar sin remisión.

–¿Cuál es su aspecto?

–Son simples tablas clavadas en los árboles, cuya disposición tiene un significado; por ejemplo, peligro, o navegar siguiendo la dirección que indican hasta avistar la siguiente señal. Cuando amaine la tormenta reanudaremos la navegación, aunque habrá que tener cuidado con los traicioneros troncos arrancados por el viento. Mañana recuperaremos parte del tiempo perdido, y llegaremos al canal a media mañana. Sólo me preocupa el paso de Gombe. Tenía previsto cruzarlo de noche...

–¿Qué problema hay con ese paso de Gombe? –empezaba a estar harto de tantas dificultades.

–Nada serio. Bueno, mientras dure el vendaval podemos aprovechar para repasar la ruta.

El capitán desplegó un viejo mapa de la región. Era una fotocopia antigua, cuyos trazos azulados y algo borrosos parecían a punto de desvanecerse.

–Aquí tengo los cálculos de la ruta y la velocidad del aerotaxi –explicó–. Mi amigo de Aeronáutica Civil se portó bien y me facilitó toda la información. Con toda seguridad, el avión volaba desde Kinshasa con rumbo cero treinta y tres grados: es la ruta normal que siguen todos los aviones.

Sobre el mapa había trazado una línea que discurría casi paralela al río. Vangale desplegó entonces una hoja de anotaciones y un extraño artilugio que parecía un molinete de pesca, pero que en realidad resultó ser una increíble calculadora de bolsillo... ¡accionada por manivela!

–Sabemos que el último contacto del piloto con la torre de control de Mbandaka tuvo lugar veintidós minutos exactos antes de su hora estimada de llegada –prosiguió–. Y la velocidad de crucero del aparato era de ciento noventa nudos, unos trescientos cincuenta kilómetros por hora...

–la manivela de la calculadora emitía un silbido agudo–. Eso nos da una distancia de ciento veintiocho kilómetros.

El capitán recalcó con trazo grueso un segmento de la ruta desde Mbandaka.

–Eso es mucho –objeté.

–Sí, pero podemos acortarlo haciendo algunas suposiciones: está claro que el avión no ha podido caer muy cerca de la ciudad. La región de Mbandaka está bastante poblada y se habría sabido –dibujó una marca a cierta distancia de Mbandaka–. Así que vamos a acortar nuestra zona de trabajo en, digamos, cuarenta kilómetros. Tampoco es probable que el aparato se haya estrellado inmediatamente después de la conversación del piloto con la torre; si hubiera tenido problemas, lo habría comunicado entonces. Vamos a acortar la ruta en otros treinta kilómetros –hizo una nueva marca–. Ya sé que todo esto son simples conjeturas, pero es lo único que tenemos. Yo me jugaría el barco a que tu aeroplano está aquí, en algún punto de los cincuenta y ocho kilómetros restantes...

Miré el mapa y luego al capitán.

–El lago está justo en el centro de ese tramo...

–Y eso podría confirmar la causa del accidente. El lago Tumba es conocido por ser el origen de grandes tormentas como la que estamos padeciendo. Un meteorólogo diría que son originadas por grandes corrientes de convección, debidas a la diferencia de temperatura de sus aguas con respecto a la selva circundante... El viejo Washato, en cambio, opinaba que las tormentas del lago son parte de los desastres causados por la furia de los demonios, desatados a raíz del robo del talismán de las *mamí-watá.* Lo importante para nosotros es que una tempestad como ésta pudo ser la causa del accidente. En ese caso, podemos suponer que los vientos y la falta de visibilidad han podido desviar al avión de su curso antes del impacto, y habrá que ampliar hacia los lados el área de búsqueda. Me dijiste que ya hubo otra expedición, ¿verdad?

–Parece ser que los padres de Astrid iniciaron por su cuenta un rastreo aéreo desde Mbandaka. Según me dijeron en la embajada, no tuvieron éxito.

–No me extraña. No es nada fácil buscar restos en una selva donde la capa vegetal tiene más de sesenta metros de altura. De todas formas, te recuerdo que me has contratado para encontrar los restos del avión, y exigiré mi paga aunque la chica haya sido rescatada.

–De acuerdo. Lo único que me importa es que ella esté bien.

Vangale parecía satisfecho con mi respuesta, y yo no quise añadir nada más. El temor de que Astrid yaciera en las oscuras y frías profundidades del lago vino a sumarse a las muchas angustias que me carcomían por dentro.

Como suele ocurrir en las latitudes próximas al paralelo cero, la tormenta cesó con la misma rapidez con que se había iniciado. Cuando salimos al exterior, la luna asomaba entre espesos jirones de nubes que se disolvían, y su luz intensa bañaba un paisaje de otro mundo: las extensas aguas del Congo refulgían como un mar de metales fundidos, un luminoso crisol salpicado en la lejanía por oscuras islas que parecían navegar contra corriente. Sólo algunos restos de ramas y troncos desperdigados sobre la cubierta daban fe de la violencia del vendaval que nos había azotado minutos antes. Desde la cercana orilla brotaba un coro de gritos, susurros y otros enigmáticos sonidos que inundaban el aire húmedo y ahora fresco de la noche. Sentí cómo una especie de euforia invadía todo mi cuerpo. Aquello era el planeta

Tierra en su estado puro, un mundo antiguo y misterioso que todos llevamos dentro, inscrito de forma indeleble en la memoria de nuestros genes.

Los endurecidos marineros congoleños también eran sensibles al hechizo de la noche tropical. Poseídos por un incontenible arrebato, formaron un corro en cubierta para entonar extraños cánticos, melodías primordiales que acompañaban golpeando con manos y pies todo tipo de objetos: tablas, machetes e incluso la propia cubierta de la barcaza, que retumbaba como un viejo gong oxidado. En medio del alegre festejo, no pude evitar dedicar un pensamiento al desdichado Bertrand, a quien sin duda le habría encantado compartir con nosotros aquel momento indescriptible. Por primera vez empecé a entender el hechizo que África ejerce sobre algunos de los viajeros que la visitan. Todas mis vivencias anteriores resultaban empequeñecidas en comparación con la auténtica aventura.

Donde nada está previsto. Donde cualquier cosa puede suceder sin que sepamos cuándo ni cómo.

Capítulo decimoquinto

El ataque

Los focos formaban grandes círculos resplandecientes en la base baja de las últimas nubes, y jugaban a perseguirse unos a otros en un baile frenético. Minutos más tarde, los motores rugieron de nuevo y el barco se puso en movimiento. Una vez fijado el rumbo, reapareció el capitán; llevaba en la mano izquierda una voluminosa calabaza de su aguardiente preferido y en la derecha una vieja armónica. Equipado de esta guisa, el europeo se incorporó al grupo de africanos, y las notas melancólicas de su instrumento se mezclaron con las voces y percusiones de sus hombres. No acababa de entender a aquel hombre contradictorio, tan nostálgico de los tiempos coloniales, pero que sabía mandar a sus marineros nativos sin perderles el respeto, compartiéndolo todo con ellos de igual a igual. Mientras contemplaba fascinado la escena, me sorprendí a mí mismo coreando también las desconocidas melodías de aquella tierra salvaje, sin fijarme apenas en los kilómetros de oscura selva que desfilaban a nuestro alrededor. Mis pensamientos, sin embargo, se adelantaron a la embarcación en busca de Astrid:

¡Tenía que estar viva!

La imaginé sonriente en el frescor de la noche, contagiada también por la maravillosa euforia del mundo salvaje tras la tormenta. Deseé con toda mi alma que alguien la hubiese rescatado ya. De no ser así, confiaba en que ella estuviera sana y salva y no corriese peligro alguno en aquel país tan inseguro como fascinante.

Me desperté muy temprano, cansado y con la ropa pegada al cuerpo. Ni siquiera el frescor dejado por el paso de la tormenta había conseguido suavizar la temperatura de mi camarote, que, situado justo encima de la sala de máquinas, seguía siendo una auténtica sauna. Ya amanecía cuando subí a cubierta; descubrí que el paisaje había cambiado una vez más: ahora navegábamos por estrechos canales, entre islas de frondosa vegetación que se descolgaba hasta tocar el agua. Agua oscura cuya tranquila superficie parecía un espejo donde se reflejaban el cielo y los árboles, creando la curiosa ilusión surrealista de movernos suspendidos en el aire. El capitán me saludó con aparente buen humor:

–Hoy es el gran día, muchacho. Hay buenas y malas noticias. La buena es que ese pueblo de ahí es Yambe: estamos recuperando el retraso. Si todo va bien, a media mañana estaremos en el canal de Irebu-Likinza, la última etapa antes de entrar en el famoso lago Tumba.

–¿Y la mala?

–La mala es que dentro de unos minutos cruzaremos por delante de Gombe, y tendremos que hacerlo a toda máquina: es un puesto de control con gente nueva, y ya tuve problemas con ellos la última vez.

–¿Hay... peligro?

–Tal vez. El río se estrecha a la altura de Gombe, sin islas que sirvan de escudo. Precisamente por eso lo han escogido como control de paso. Si bordeamos la otra orilla no creo que los disparos nos alcancen. No hay peor tirador en el mundo que un soldado congoleño.

–¿Y si tienen lanchas y deciden perseguirnos?

–Ya te dije que nada en estas aguas es capaz de moverse tan rápido como este trasto... Velocidad y discreción son las dos mejores cualidades para navegar por estos parajes. Pero, por si acaso, bajarás al cuarto de máquinas y te mantendrás quietecito entre los dos motores. Pasarás calor, pero estarás seguro: no hay proyectil capaz de atravesar dos toneladas y media de chatarra.

–¿Y usted?

–Yo estoy acostumbrado a estas cosas. Un capitán no abandona el puente de mando por unos mamarrachos de mierda –me dio una palmadita en el hombro–. ¡Anímate, chico! Dentro de poco saldremos del río Congo y navegaremos el canal del lago. Allí todo será más fácil, salvo sortear los bancos de arena... ¡Mira! Ahí tienes una señal de navegación. Debemos seguirla hasta que divisemos la siguiente indicación.

Los motores de trescientos cincuenta caballos rugían a plena potencia, generando un sonido ensordecedor. Allí abajo la temperatura era insoportable; el aire tórrido, saturado por vapores de gasóleo y grasa caliente, resultaba irrespirable. Me pregunté cuánto tiempo podría aguantar acurrucado en el estrecho hueco entre ambas máquinas. El fragor de los propulsores me impedía oír cualquier otro ruido procedente del exterior; ni siquiera podía saber si nos estaban disparando, y supongo que no me habría enterado ni de la explosión de una bomba junto al barco. Los segundos se me antojaban horas, hasta que finalmente no pude soportar aquella tortura; desobedeciendo una vez más las órdenes del capitán, abandoné mi seguro pero inhabitable refugio y ascendí por la estrecha escalerilla de metal, cuyos pasamanos quemaban al tacto.

Arriba todo estaba tranquilo. Demasiado tranquilo; nada ni nadie se movía en la cubierta ni en el puente. Por un momento pensé que todos se habían ido y me encontraba solo a bordo de un barco fantasma, hasta que divisé a Vangale. La silueta solitaria del capitán destacaba a través de los cristales de la cabina de mando, firme ante el timón y con una expresión salvaje dibujada en el semblante: parecía disfrutar de la situación. La frondosa selva de la margen izquierda desfilaba veloz a pocos metros de distancia, mientras en la orilla derecha, más alejada, los tejados de una aldea se perfilaban en la lejanía. De pronto, en el centro de aquella población se produjo una deflagración y una delgada estela de humo, parecida a un cohete de feria, ascendió en el cielo. Tardé unos segundos en captar el significado de aquella línea azulada que se curvaba graciosamente hacia lo alto…

Hasta que comprendí que venía derecha hacia el barco.

No supe de qué tipo de proyectil se trataba, pero antes de que me diera tiempo a reaccionar, aquello había impactado a unas decenas de metros por delante de la embarcación, proyectando hacia el cielo una blanca columna de agua. El barco entero se estremeció, y sentí cómo una fuerza invisible se apoderaba de mi cuerpo para arrojarme de espaldas al suelo. Mientras tanto, otra estela había surgido del mismo lugar que la primera, y ya describía un segundo arco mortal hacia su objetivo…

Mi primer impulso fue bajar de nuevo al infierno de la sala de máquinas, pero enseguida cambié de opinión y decidí subir hasta el puente. El capitán sonrió al verme.

–¿Te gusta la fiesta, eh?

La torre de espuma surgió esta vez más lejos y por detrás de nosotros, en plena estela del barco. A pesar de todo, el casco del *Ville d'Anvers* retumbó bajo nuestros pies.

–¿Nos están disparando misiles?

–¿Misiles? –soltó una carcajada–. ¡Qué va! Son simples granadas anticarro. Tienen muy poco alcance, y en un par de minutos estaremos fuera de peligro. ¿Estás bien?

Tragué saliva y me esforcé por disimular el temblor de piernas y manos.

–Hace un momento estaba muerto de miedo, pero ahora me encuentro mucho mejor.

–Parece que vas espabilando, muchacho. Supongo que eres de mi especie, de los que acabarán amando esta tierra.

Antes de enfilar el canal de treinta y cinco kilómetros de longitud que comunica el lago Tumba con el río Congo, pasamos sin detenernos frente a Irebu, un pueblo importante con sus edificios coloniales de ladrillo y cemento, entre los que sobresalía el anguloso tejado de una misión. Vangale me dijo que contaba incluso con un pequeño aeropuerto, ya inutilizado, en el que permanece abandonada la carcasa de un avión de transporte militar desde los tiempos de la colonización. Según el capitán, los cuerpos de los ocupantes de aquel aparato habían sido hallados con señales inequívocas de canibalismo. Al parecer quedaban algunos poblados del interior donde todavía se practicaba la antropofagia, y Washato le había dicho que aquello también formaba parte del caos impuesto por el clan de los brujos. Otra nueva inquietud que añadir a la lista.

Una bandada de aves oscuras sobrevoló en silencio las copas de los árboles de la orilla:

–¡Qué pajarracos más siniestros! –comenté.

–No son pájaros –corrigió Vangale–. Son grandes murciélagos *cabeza de martillo* que se dirigen a sus comedores nocturnos para la cena.

–¿Son... vampiros?

El capitán soltó una ruidosa carcajada y se enjugó la nariz con la sudada manga de su camisa.

–Son *chiens volants,* parecidos a los zorros voladores de Borneo. Animales tímidos e inofensivos que se alimentan de frutas. Su carne es muy sabrosa y apreciada por los lugareños. Ellos los llaman *lolema.*

Recordé una vez más a Ningana, aquella enigmática muchacha mitad universitaria y mitad contrabandista que me había hablado de grandes murciélagos que servían para localizar los árboles frutales en medio de la selva. Recordé también los destellos de los ojos de Ningana bajo la luz de la luna, y me pregunté si sería un fenómeno común a todas las africanas. La otra posibilidad, que la joven contrabandista fuera en realidad una *mamí-watá,* una sirena-bruja, resultaba menos creíble.

Me sentía en otro mundo, casi en otro planeta.

Agachado en la proa de la embarcación, un marinero hundía de vez en cuando una larga pértiga en las negras aguas.

–*¡Moko na ndambo kapiteeeeen!* –voceaba.

–¿Qué significa eso? –le pregunté al capitán.

–Significa que tenemos metro y medio de fondo. El nivel del río desciende mucho en esta época del año, y es fácil encallar en los bajíos del canal. Tenemos que aminorar todavía más la marcha.

Los motores emitían apenas un ronco gruñido mientras el *Ville d'Anvers* se deslizaba despacio entre grandes bancos de arena y alborotadas masas de vegetación. De repente, la voz del marinero se elevó estridente:

–*¡Kebaaaaaaaaa! ¡Ndambo, ndambo kapiteeeeeeeen!*

El casco se estremeció desde la proa hasta la popa. Vangale se afanó con los controles, invirtiendo primero los motores y acelerándolos después a plena potencia.

–¡Maldición! –exclamó el capitán–. Hemos embarrancado.

El agua hervía a borbotones a ambos costados del barco, teñida de amarillo por toneladas de arena y fango. La embarcación entera temblaba y se agitaba como un ser vivo mientras intentaba zafarse de la trampa. Minutos después, el aullido de los motores cesó de golpe.

–Hemos salido gracias a la potencia de mis máquinas –anunció Vangale con un suspiro de alivio–. Pero el canal está demasiado bajo y no podemos pasar. Se acabó el crucero de placer, chico. A partir de aquí seguiremos en piragua.

El capitán impartió unas cuantas órdenes en lingala y los marineros botaron la piragua con motor. Luego cargaron en ella algunas cajas de víveres y bidones de combustible.

–Ahora deberás acostumbrarte a tener siempre el culo en remojo –rió Vangale–, porque en el fondo de una piragua siempre hay por lo menos dos dedos de agua. Nos acompañará Nguma: es quien mejor conoce la selva profunda.

El viejo marinero fue el último en subir a la piragua y se encargó de soltar los cabos que nos unían al *Ville d'Anvers*. Los demás congoleños se quedaron montando guardia en el barco y se despidieron de nosotros agitando los brazos mientras nos alejábamos hacia el misterioso lago Tumba. El limitado espacio disponible en el interior de la estrecha embarcación estaba ocupado por toda clase de bultos y pertrechos, entre los que identifiqué una tienda de campaña, un par de rifles, un botiquín de primeros auxilios y diversas provisiones. También estaba presente mi querida mochila y, como es lógico, abundaban las calabazas de aguardiente de palma, tan apreciadas por Vangale.

El poderoso fueraborda nos impulsaba a una velocidad considerable, aunque sensiblemente inferior a la que podía alcanzar el *Ville d'Anvers.* Sentado en el encharcado fondo de la frágil piragua, observé cómo la perspectiva había cambiado: ahora los árboles de la selva parecían aún más gigantescos, el agua demasiado próxima y ominosa, la selva mucho más amenazadora. Me incliné hacia el capitán y le pregunté:

–¿Hay cocodrilos en estas aguas?

–Todos los que quieras –hizo un gesto elocuente con la mano–. Incluso es posible que tengamos que cazar alguno si se nos agotan las provisiones. ¿No te estarás asustando tan pronto, verdad?

–¡Qué va! –mentí.

Capítulo decimosexto

El lago Tumba

DURANTE horas nos deslizamos a través de los angostos recovecos del canal, cegado en algunos puntos por troncos y raíces que nos obligaban a apagar el motor y a sortear el obstáculo a golpe de remo. También los jacintos de agua se enredaban en la hélice y dificultaban nuestro avance. Al mediodía, aprovechando una de aquellas paradas, Vangale propuso reponer fuerzas y desembaló un poco de fruta y carne ahumada. En la lejanía, los ecos de un frenético tam-tam eran respondidos por otro aún más lejano.

–¿Qué son esos tambores? –me inquieté.

–Es el equivalente local del teléfono o el fax.

–Creía que eso sólo existía en las películas. ¿Entiende lo que dicen?

–Yo lo entiendo –dijo Nguma–. Hablan de nosotros. En estos momentos, todos los habitantes de las riberas del lago saben que estamos aquí.

–Siempre me he preguntado cómo funciona. ¿Es una especie de código morse?

–Nada de claves ni de códigos –mientras hablaba, la mirada del capitán se mantenía fija en los bosques, desde donde surgía el misterioso sonido–. El secreto del tam-tam es muy simple: hablar con música. A través de los tambores se imitan la cadencia y la armonía de las palabras. Por eso resulta tan difícil de interpretar para nosotros, los europeos, que carecemos de la sensibilidad musical africana y del dominio de su idioma.

–Es sorprendente –confesé–. Ese sonido impresiona.

–No te inquietes por los tambores, es normal que notifiquen la llegada de forasteros a su territorio. A mí me preocupa más la maleza que tapona el canal. Nos consolaremos pensando que también tu brujo lo tendrá difícil para seguirte por aquí –bromeó Vangale.

–Ojalá tenga razón, capitán. Tengo que reconocer que ese brujo albino ha conseguido asustarme de verdad.

El viejo Nguma intervino entonces, visiblemente interesado:

–¿Has dicho un brujo albino?

–Parece ser que nuestro pasajero tiene problemas con un brujo que tiene muy malas pulgas –explicó Vangale.

–No soy de esta región, pero he oído hablar del poder de los brujos del clan *Limbaku.* Viven en algún lugar secreto del lago y obedecen las órdenes de un brujo albino. De ser cierto lo que cuentan, ese brujo podría viajar por el agua como si fuera un pez, gracias a sus pactos con los demonios del río.

–Eso no es posible.

El africano sonrió de manera inquietante.

–Hay cosas imposibles que, sin embargo, ocurren aquí, en ciertos lugares de mi país. Nosotros sabemos que en el río Congo viven terribles demonios, y más vale cuidarse de ellos. ¿Ha llegado ese brujo a hacerte algún maleficio?

–No lo sé, pero me temo que sí. Entró en mi casa y escondió allí una especie de estatuilla de madera con el vientre hinchado…

–*¡Likundú!* –confirmó Nguma–. En el vientre de la figura el brujo introduce una réplica de su propio *likundú.* Su segundo estómago.

–Un amigo me habló de eso en Bruselas –dije.

–Yo también lo he oído –intervino Vangale–. Según ciertas creencias, los brujos desarrollan un órgano suplementario donde residiría su *likundú,* el poder sobrenatural que les permite modificar la realidad o matar a distancia. De ahí el doble significado de la palabra *likundú,* que define tanto el maleficio como el órgano que lo produce.

–¿Qué más te hizo ese brujo? –insistió Nguma.

–Otro día me abordó en plena calle y me soltó una parrafada que no pude entender…

–Intenta recordar lo que dijo –aconsejó el marinero–. Podría ser importante.

–La repitió media docena de veces, pero han pasado varios días y temo no poder recordar las palabras exactas. Me parece que sonaba así: *okutufa mamaloko nagandu...*

–Okokufa na monoko ya ngandu –corrigió entonces el africano en tono preocupado–. Se trata de un *likundú* maligno: la antigua maldición del cocodrilo.

–¿Qué significa?

–Significa que has de morir en las fauces de un cocodrilo –sentenció.

Miré hacia las aguas color chocolate y me estremecí.

La piragua continuó su lento avance mientras mis pensamientos giraban en torno a las descabelladas palabras de Nguma: brujos que viajan bajo el agua, estómagos con poderes maléficos, maldiciones de cocodrilos. Todo aquello sonaba absurdo, casi ridículo. Pero, al igual que mi infortunado amigo Bertrand, ya había visto demasiadas cosas inexplicables... Tan inexplicables como la aparición repentina del brujo albino en aquel mercadillo de Yumbi...

–No deberías obsesionarte con esas supersticiones –trató de tranquilizarme Vangale–. Aunque tampoco te vendrá mal acostumbrarte a convivir con algunos hechos incomprensibles. Esas cosas forman parte del encanto de África; hasta yo he tenido que aceptar algunas de ellas...

–Como lo de la sirena-bruja...

–Por ejemplo.

El canal se ensanchaba poco a poco y pronto pudimos reanudar la navegación con motor. Las aguas eran mucho más oscuras que las del río; de hecho, eran casi negras.

–¿Tan peligroso es este lago? –me inquieté.

–Existen muchas leyendas acerca de este lugar... Algunas de ellas ponen los pelos de punta a cualquiera –el capitán alzó su calabaza y sorbió con gran estrépito un largo trago de aguardiente, como si se tratara de un remedio mágico capaz de conjurar cualquier amenaza–. Y no hablo sólo de magia y brujerías. Aquí han ocurrido cosas terribles en los últimos años, y por toda la región corren rumores de los que prefiero no hablar.

Ignorando las insinuaciones del capitán, me dediqué a admirar el fabuloso paisaje que nos rodeaba. La selva crecía más frondosa y soberbia que nunca a lo largo de ambas márgenes y se duplicaba en la imagen especular reflejada en la bruñida superficie del lago, cuya majestuosa extensión se desveló de pronto ante nuestros ojos:

El lago Tumba.

Sin ser de los mayores lagos de África, sus casi cincuenta kilómetros de longitud y más de veinte de anchura hacen que figure en la mayoría de los mapas. Al penetrar en su interior, desde el angosto canal que lo une al río Congo, se experimenta una repentina sensación de vértigo: sus límites más alejados no son visibles ni siquiera en días claros. De las costas más próximas apenas se divisan las copas de los árboles, casi perdidas en la línea del horizonte. El capitán me explicó que el color oscuro de sus aguas se debe a grandes cantidades de mineral de hierro en suspensión, que forma depósitos sólidos sobre los objetos sumergidos, incluso alrededor de troncos de árboles y plantas que crecen en sus orillas. También me describió las grandes olas y remolinos que suelen producirse durante las terribles tormentas de la estación de las lluvias. En cuanto a la fauna, dijo que allí coexisten al menos tres especies de cocodrilos (el gavial, el cocodrilo del Nilo y el cocodrilo enano del bosque), y que hipopótamos, peces como el siluro eléctrico (capaz de producir peligrosas descargas de hasta cuatrocientos voltios) y otros animales extraños moran en sus aguas color azabache.

Vangale aminoró la marcha y me pidió que colocara el talismán de malaquita sobre la lisa superficie de un bidón de gasolina; tras girar un par de veces, el cocodrilito apuntó con la cabeza hacia la parte más ancha del lago: en dirección al centro. Al ver el prodigio, Nguma lanzó una exclamación de sorpresa y se puso muy nervioso.

–Es el *keta-konza* de las *mamí-watá* –exclamó receloso–. Eso no debería estar en vuestras manos. Sólo ellas tienen derecho a tocarlo.

–¿Sabes lo que es? –se extrañó Vangale–. Entonces explícanoslo.

–No sé mucho. Ya he dicho antes que no soy de aquí. Pero a lo largo de mis viajes he conocido pescadores que han faenado en este lago, y siempre hablan de lo mismo: cuentan que el *keta-konza* es un objeto sagrado que no ha sido tallado por manos humanas. Ni siquiera es obra de las sirenas-bruja, que son las encargadas de su custodia. Nunca lo había visto con mis propios ojos, pero he escuchado su descripción muchas veces. Según la leyenda botaka, las dos mitades del *keta-konza* fueron robadas hace algún tiempo y sacadas del territorio; al principio creyeron que el robo había sido tramado por los brujos del clan *Limbaku,* pero más tarde descubrieron que ellos también lo andaban buscando. De modo que si los botaka, las sirenas-bruja o el clan *Limbaku* supieran que lo tenemos nosotros, pensarían que somos los ladrones y nos matarían para recuperarlo…

–Todo eso coincide con lo que decía Washato, el maquinista. Él sí que procedía de esta región. ¿Y qué sabes de los botaka?

–Muy poca cosa –Nguma se encogió de hombros–. Es una tribu que vive apartada en la orilla septentrional del lago. Son gente extraña, y se rumorea que están vinculados a las sirenas-bruja. También he oído que están en guerra con el clan *Limbaku.*

–En este país es difícil separar la realidad de la leyenda –observó Vangale–. A mí me parece más que probable que los brujos de esa secta sean los responsables de los casos de antropofagia. Antes de la llegada de los blancos, los brujos de la región practicaban el canibalismo ritual en sus ceremonias, y después lo siguieron practicando en secreto. Es precisamente lo que menos me gusta de este asunto, amigo Albert. No me gustaría caer en manos de ese clan de brujos. Sin embargo, no nos queda otro remedio que avanzar en dirección sur, hacia donde indica el *keta-konza.*

–*Keta-konza* quiere volver a casa –dijo Nguma.

–Por lo que puedo recordar de los tiempos en que tuve que navegar por la región –explicó el capitán–, hay una diminuta aldea llamada Lukanga en el extremo más alejado del lago. Está habitada por pescadores que se definen a sí mismos como botaka.

–Pues yo tenía entendido que los auténticos botaka viven tierra adentro, en las riberas del Lombe –intervino Nguma.

–Eso no importa demasiado. Tomaremos un atajo a través de la *fôret inondée*[23] de la margen derecha. Ganaremos tiempo y evitaremos navegar por el centro del lago. Me trae malos recuerdos.

–¿Es allí donde se encuentra la isla de la que me habló? –quise saber.

–Correcto. Por nada en este mundo quisiera ver de nuevo ese espantoso lugar. En cualquier caso, el camino cercano a la orilla es el más discreto. En aguas abiertas podrían vernos desde cualquier parte, y eso no es bueno.

Poco después nos internábamos en una fantasmagórica floresta inundada. Los árboles surgían directamente del agua para proyectarse hasta una increíble altura y perderse en la tupida bóveda que ocultaba los rayos del sol. Vangale redujo la velocidad y se adentró con cuidado en el sombrío bosque, sorteando troncos de árboles flotantes con una habilidad asombrosa. La densidad de la vegetación disminuyó poco a poco, hasta que un nuevo brazo del lago surgió ante nosotros. Era una ensenada de aguas negras y tranquilas, flanqueada

---

23 *fôret inondée:* «selva inundada». Reciben este nombre extensas superficies de bosque tropical cuyo suelo, ya sea de modo periódico o permanente, se halla cubierto de agua. Esa capa líquida, de la cual emergen directamente los troncos de los árboles, es en general poco profunda y muy tranquila, lo que provoca que su superficie se comporte como un espejo cuyos reflejos producen efectos visuales muy llamativos.

por altas paredes de vegetación. Las bandadas de monos reñían y alborotaban en las ramas altas, saturando el ambiente con su griterío. En el aire flotaban luminosos filamentos fabricados por miles de arañas hacendosas, y espesas nubes de insectos se arremolinaban junto a la superficie. Un curioso pájaro, cuya cola era varias veces más larga que su cuerpo, cruzó alegre frente a nosotros; batía sus alas a intervalos regulares, para luego dejarse caer durante unos segundos. El ave adornaba su vuelo ondulante dejando escapar agudos trinos.

–Es una viuda... –explicó Vangale–. Una viuda del paraíso, aunque en este caso habría que decir viudo: sólo los machos lucen ese plumaje tan vistoso.

–Parece increíble que consiga volar con semejante cola.

Nguma siguió con la mirada el vuelo del pájaro hasta que éste desapareció entre el follaje. Luego sacudió la cabeza y dijo:

–En mi pueblo dicen que trae buena suerte que una viuda cruce tu camino, siempre que lo haga de izquierda a derecha.

–Pues ésta lo ha hecho al revés, de derecha a izquierda –objetó Vangale–. ¿Qué dicen de eso en tu pueblo?

–No dicen nada –el semblante del anciano se ensombreció–. Pero podría significar un mal augurio...

–¡Ja, ja! –rió Vangale, palmeando la espalda de Nguma–. Bastantes problemas tenemos ya para que nos des la murga con tus presagios.

De algún modo me pareció que la risa del capitán sonaba falsa, y sus ojos inquietos no paraban de moverse de un lado a otro, como si acecharan algún peligro inminente. Pero nada de eso me preocupó tanto como una sensación ardiente que me abrasaba la piel a través de la tela del pantalón:

El *keta-konza* se estaba calentando de nuevo.

Capítulo decimoséptimo

Desastre

AL caer la tarde, la proa de la piragua arañaba la oscura arena frente a Lukanga, la pequeña aldea de pescadores situada al sur del lago, y enseguida fuimos recibidos por un ruidoso comité de niños curiosos. Más precavidos se aproximaron los adultos, con quienes Vangale y Nguma se entretuvieron un buen rato hablando en una lengua desconocida. Finalmente el capitán echó pie a tierra, amarró la piragua a unos troncos y nos pidió que bajáramos:

–Hay noticias interesantes –nos informó–: Nos darán de cenar y nos dejarán pasar la noche a cambio de tabaco y gasolina.

Ansioso por dejar aquella incómoda piragua, aplaudí la idea:

–Eso está muy bien.

–Aún hay más –Vangale me guiñó un ojo–. Esta gente sabe dónde está el avión.

Nos sentamos en círculo en torno a una fogata para compartir la sencilla comida de aquellas gentes, que consistía en tiras ahumadas de carne de cocodrilo y aromáticas tortas de harina de mandioca calentadas a la brasa. También nos ofrecieron una especie de plátanos verdes fritos en un aceite de palma rojo y espeso. Por último nos entregaron un cesto con fruta fresca por si se nos abría el apetito durante la noche. Después de la cena, Vangale sacó una libreta y empezó a hacer anotaciones mientras escuchaba el relato de un tal Mumbulu, el pescador que más sabía del accidente del avión... Al final, Vangale nos resumió la información:

–Este hombre afirma haber estado allí. Me ha explicado el camino aproximado para llegar hasta los restos del aparato, que, por cierto, está hecho pedazos. Debemos seguir la costa del lago hasta doblar el cabo de Ikoko-Motaka. Luego, una vez pasada una aldea llamada Kolo, entrar en un estrecho río que se interna en la espesura (hacia los poblados botaka de Boleke y Botuali). A una distancia equivalente a tres jornadas de remo debemos encontrar un gran árbol caído cuyo tronco sobresale de las aguas como una gigantesca columna indicadora. En ese punto desembarcaremos para internarnos a pie en la selva. A unos cientos de metros a la derecha se encuentra lo que buscamos...

El capitán hablaba de forma atropellada, evitando deliberadamente el tema que más me importaba. No tuve otro remedio que interrumpirle para formular la terrible pregunta:

–¿Y qué hay de los ocupantes?

Vangale me miró a los ojos y pronunció sin pestañear las palabras que jamás hubiese querido escuchar:

–Parece ser que ninguno de los ocupantes del aparato pudo sobrevivir al impacto. Mumbulu dice que todos están muertos.

Apenas puedo describir el efecto que me causaron aquellas palabras. Me quedé tan destrozado que ni siquiera fui capaz de reaccionar: todo se vino abajo en mi interior. Me había dejado llevar por falsas esperanzas, por necios presentimientos y sensaciones engañosas que me transmitía el talismán.

Tanto empeño, tanta angustia, y todo para nada. Incluso la espantosa muerte de Bertrand había sido en vano. Al menos me quedaba el consuelo de poder llegar hasta el lugar y hacerme cargo de los restos de Astrid, para que sus padres pudieran darles sepultura. No podía retroceder ahora que había llegado tan lejos.

Nos acomodamos como pudimos para pasar la noche en una angosta choza de la diminuta Lukanga, acunados por el suave romper de las olas en la playa cercana. El ajetreo de los nativos nos despertó poco antes del amanecer, y comenzamos los preparativos para proseguir el viaje. Situé cuidadosamente el *keta-konza* sobre la lisa superficie de una gran piedra de color pardo rojizo, y todos aguardamos a que se produjera una confirmación mágica del macabro relato de Mumbulu. Vangale había insistido en efectuar aquella comprobación antes de embarcar de nuevo hacia los pecios del avión.

La piedra era de mineral de hierro, lo cual no impidió al pequeño cocodrilo de malaquita efectuar sus acostumbrados giros para luego inmovilizarse señalando la dirección correcta... Aunque en este caso su indicación nos desconcertó a todos:

–¡Algo anda mal! –exclamé incrédulo.

–¡Ese maldito chisme se ha vuelto loco! –bufó el capitán.

Para sorpresa de todos, el *keta-konza* señalaba en sentido contrario al esperado. Apuntaba al interior del lago.

–Parece que esta gente nos ha mentido en cuanto a la ubicación del avión –opinó Vangale.

La simple posibilidad de que el pescador hubiese mentido llenaba mi corazón de júbilo, porque entonces también podía ser falso el resto de su testimonio. Sin embargo, Nguma aportó una tercera posibilidad:

–Alguien ha podido llevarse de allí la otra parte del *keta-konza* –propuso–. Al talismán no le interesan los restos del avión, sino su segunda mitad.

Intercambié una mirada de extrañeza con Vangale.

–Es posible –concedió con gesto contrariado–. Hay que tener en cuenta el valor que sin duda supone ese fetiche para los brujos de la región. Pueden haberlo encontrado en el lugar del accidente y habérselo llevado de allí. En ese caso, la brújula mágica ya no nos servirá de nada.

–¿Y dónde se supone que lo habrían llevado? –pregunté con la mirada perdida hacia el centro del lago Tumba.

El capitán torció el labio en una mueca de disgusto.

–¡Cualquiera sabe!

Volví a guardar el *keta-konza* en mi bolsillo.

–¿Qué hacemos ahora?

–Seamos prudentes y sigamos la pista de lo que realmente hemos venido a buscar –sugirió Nguma–. Creo que, a pesar de todo, debemos atender las indicaciones de esta gente hasta encontrar el avión.

–Tienes razón. Entonces la excursión habrá terminado y yo cobraré mi dinero –concluyó Vangale.

Miré con rabia al capitán, sin comprender cómo podía seguir pensando en su dinero después de conocer el trágico final de los pasajeros del avión.

El trágico final de Astrid.

–Me asusta sentirme tan cerca del refugio secreto del clan *Limbaku* –Nguma parecía muy disgustado–. No puedo dejar de pensar en esas ceremonias en las que consumen carne humana... La verdad es que preferiría quedarme aquí, en Lukanga, aguardando vuestro regreso.

–Eres nuestro guía y vendrás con nosotros –era la primera vez que veía a Vangale enfadado con uno de sus hombres–. ¿Para qué crees que te pago el sueldo?

El viejo cocinero torció el gesto y se encaramó a la piragua sin rechistar. Con el agua hasta las rodillas, Vangale soltó los cabos y empujó la proa de la embarcación hasta que ésta flotó libre en el agua oscura. A continuación subió a bordo, puso en marcha el motor y maniobró con su acostumbrada pericia hasta poner rumbo al cabo Ikoko-Motaka, que debe su nombre a las dos pequeñas aldeas que comparten su extremo.

El ambiente era tenso en la piragua. Nadie pronunció una sola palabra mientras ganábamos velocidad y la diminuta Lukanga se perdía en la lejanía, a nuestras espaldas.

A nuestra popa, el sol ascendía lentamente en un cielo azul profundo y adornado por algodonosos cúmulos blancos, que se reflejaban en la superficie brillante del lago. A media mañana doblamos el cabo y ante nosotros apareció una gran lengua de selva que penetraba hasta perderse en el interior del lago.

–En esa península hay dos aldeas –explicó Vangale–: Lokongoli y otra más pequeña, llamada Ngerobombwá. Detrás de ellas se encuentra la isla maldita donde se me apareció la *mamí-watá.*

Poco después alcanzamos la desembocadura del pequeño río Lombe.

Aminorando prudentemente la marcha, el capitán enfiló la proa hacia el tortuoso cauce, para adentrarnos en una selva oscura poblada de árboles gigantescos. En apenas un minuto perdimos de vista el lago, y nos encontramos inmersos en un paisaje extraordinario: cascadas de lianas y enredaderas se descolgaban de la bóveda verde hasta rozar la superficie del agua, que brillaba como un espejo, acariciada por los escasos rayos de sol que lograban abrirse paso hasta ella. En la atmósfera flotaba una neblina vaporosa que difuminaba el contorno de los objetos y otorgaba un aspecto fantasmagórico a cuanto nos rodeaba. Para completar la ilusión, nubes de insectos trazaban enloquecidas filigranas entre plateados filamentos que ciertas arañas invisibles dejan caer a su antojo. Algunas aves de vivos colores surcaban de cuando en cuando aquella senda increíble que las aguas habían tallado en las entrañas de la masa vegetal.

El capitán moderó la marcha, y nuestra propia noción del tiempo también pareció ralentizarse. Las horas siguientes transcurrieron casi sin darnos cuenta, rodeados por la atmósfera irreal de esa mezcla de paraíso e infierno que es la selva profunda.

Y nos alejábamos cada vez más hacia lo desconocido.

La oscuridad ganaba terreno por momentos, y Vangale decidió que pasaríamos la noche en una pequeña ensenada rodeada de grandes árboles. Uno de ellos estaba tan inclinado que parecía a punto de desplomarse en mitad de la corriente. A pesar de que el sol ya se había ocultado, el calor seguía siendo pegajoso, sin una brizna de brisa capaz de aliviarlo. Me sentía espantosamente deprimido; a medida que progresaba en mi loca aventura, las posibilidades de encontrar a Astrid con vida se habían ido desvaneciendo hasta desaparecer por completo. Cuando desembarcamos, tenía la boca seca y la ropa pegada al cuerpo a causa del sudor. Miré hacia la refrescante y tentadora superficie del Lombe.

–Me gustaría darme un baño antes de cenar –supliqué.

–No es bueno bañarse aquí –aconsejó Nguma.

–¡Ni se te ocurra hacerlo! –confirmó el capitán–. Si quieres suicidarte, ahí tengo un Remington calibre trescientos. Es más rápido e indoloro.

–Las aguas parecen muy tranquilas. No puede ser tan peligroso bañarse.

–Sí que lo es, hijo. Ese líquido negro y opaco puede convertirse en cualquier momento en una trampa mortal. Mira allí, ¿ves esas ondulaciones que rizan la superficie? Son el resultado de flujos y remolinos profundos que casi no se aprecian a simple vista, pero que pueden arrastrarte hasta dejarte enredado en los troncos y raíces de una verdadera jungla subacuática que hay abajo. Por si eso fuera poco, en estas aguas abundan los cocodrilos, los *peces-tigre,* las serpientes, las sanguijuelas y las amebas que provocan la disentería... ¿Sabías que un cocodrilo puede permanecer más de una hora en el fondo, inmóvil, al acecho?

Nguma asintió levemente con la cabeza y me miró con aprensión:

–No debes olvidar que has recibido un *likundú,* y nunca se sabe cuándo puede aparecer el cocodrilo enviado por el brujo. Si acaso, puedes remojarte un poco en la orilla, pero sin llegar a meterte en el agua.

–Y sin beber ni una gota del río, a menos que quieras pillar una diarrea de antología.

El agua oscura del Lombe estaba tibia y apenas refrescaba, aunque la verdad es que tampoco tuve mucho tiempo para remojarme. Enseguida resonó la voz del capitán que bramaba a lo lejos:

–¡Vamos, venid a ayudarme! Tenemos que montar la tienda y recoger madera para un buen fuego. La noche se nos echa encima y hay que trabajar.

Una vez más sentí aflorar el miedo bajo la aparente indiferencia del curtido capitán.

Nguma nos preparó una cena exquisita a base de filetes de pescado a la brasa acompañados de la pulpa blanca y ácida de una fruta llamada *coeur de boeuf,* sin duda a causa de su forma semejante a un enorme corazón. Desde la selva llegaba el trino reiterativo de un pájaro.

–Ese pájaro todavía no se ha dado cuenta de que ya es de noche –dije.

–Es el *ndeke ya butú,* el pájaro de la noche –me aclaró el cocinero-guía–. Al contrario que el resto de sus hermanos, siempre canta en la oscuridad, desde la puesta del sol hasta el amanecer.

–Qué raro.

–En mi pueblo dicen que el *ndeke ya butú* es el guardián de los difuntos. Con su canto les hace creer que es de día y así evita que las almas de los fallecidos se asusten y huyan lejos de sus familiares.

Vangale y Nguma acordaron turnarse para montar guardia y mantener avivado el fuego, pues el congoleño había identificado ciertas señales que confirmaban la inequívoca presencia de leopardos en los alrededores. No supe si debía sentirme halagado u ofendido por el hecho de quedar exento de las obligaciones de vigilancia. El capitán decidió irse a dormir el primero, y me sugirió que hiciera lo propio:

–Tienes que descansar, muchacho; mañana tendrás un día muy duro.

El día sería duro para todos nosotros, pero comprendí que el capitán se refería a la prueba terrible que me aguardaba al llegar a los restos del avión. Tendría que contemplar el cadáver de Astrid, probablemente desfigurado y ya descompuesto. Intenté imaginarlo, pero no pude hacerlo: por fortuna mi mente se negaba ahora a mostrarme semejante horror. La voz de Nguma me rescató de aquellos pensamientos abominables.

–Hay algo muy raro en esa historia del avión –susurró en voz baja para no molestar a Vangale–. Estoy seguro de que esos pescadores de Lukanga nos ocultaban algo.

–¿Crees que han mentido?

–Al menos no han dicho toda la verdad. Cada vez que se hablaba de los cadáveres, ese Mumbulu bajaba la mirada y se ponía nervioso. En cualquier caso, mañana lo sabremos.

–Sí, mañana lo sabremos.

Apenas pude pegar ojo en toda la noche. Rumores furtivos alrededor de la tienda me hicieron pensar que estábamos rodeados por decenas de criaturas hambrientas dispuestas a caer sobre nosotros en cualquier momento. Pero llegó la luz del alba y los trinos de las aves diurnas inundaron el bosque sin que nada ni nadie nos hubiese atacado.

-

Embarcamos temprano y el viaje prosiguió sin incidentes hasta media tarde. Llevábamos un buen rato navegando por aguas cubiertas de esos remolinos que casi no se distinguen a simple vista, pero que a veces originaban desagradables culebreos de la piragua, como si patinásemos sobre algo vivo y viscoso. En una ocasión la caña del motor golpeó contra un objeto sumergido, provocando una fuerte sacudida y el basculamiento del fueraborda. Con un sonido agudo, la hélice emergió fuera del agua, girando en vacío.

–¿Qué ha sido eso?

Roger Vangale respiraba de forma entrecortada, y su frente estaba perlada de sudor. Sonrió con aparente calma.

–Cualquier cosa –explicó–: un tronco podrido flotando entre dos aguas, el cuerpo de un cocodrilo o un pez de gran tamaño. Si fuera de noche podría incluso tratarse de una *mamí-watá* –rió sin ganas–. Por suerte, el pasador de la hélice ha aguantado.

–¿El pasador?

–Sí, el pasador, una pieza que actúa como un fusible mecánico; se parte para evitar que resulten dañadas otras piezas.

Tras esta somera explicación técnica reanudamos la marcha.

–¿No deberíamos haber llegado ya? –me quejé impaciente.

El capitán se encogió de hombros.

–En Lukanga hablaron de tres jornadas de remo. Es nuestro segundo día y navegamos más rápido, así que debemos de estar cerca. Las indicaciones de los africanos suelen ser poco precisas, ya que no conceden mucha importancia al tiempo.

Llegó de nuevo el crepúsculo sin que apareciera el famoso árbol caído. La vegetación era tan abundante que las ramas y los troncos invadían el río. Vangale observaba la tupida selva de las orillas con gesto contrariado:

–Aquí la selva es demasiado impenetrable –se lamentó–; no hay ni un solo hueco para plantar la tienda, y nos costaría mucho tiempo y esfuerzo desbrozar un terreno adecuado para pasar la noche. ¿Qué opina nuestro experto?

Nguma examinó atentamente los alrededores durante unos minutos.

–Hay luna llena y parece que el río se ensancha un poco –opinó–. Podemos proseguir despacio hasta encontrar un sitio donde acampar. En cualquier caso ganaremos terreno.

–¿Viajar de noche por este laberinto? ¡Estás completamente loco!

–En mi pueblo lo hacemos muchas veces. En las piraguas se establecen turnos: unos duermen mientras otros reman, *butú na moy,* noche y día, sin parar nunca. De esta forma recorremos enormes distancias.

–Está bien, pero te hago responsable. Tú llevarás el timón.

Nguma navegaba muy despacio, con el motor al ralentí, sorteando con eficacia unos obstáculos que apenas se adivinaban a la luz de la luna. Entretanto Vangale prodigaba toda su atención a una calabaza de aguardiente.

–Si tuviésemos una caña, sería una buena ocasión para pescar al *curricán*[24] –bromeó entre trago y trago–. Seguro que sacábamos algo gordo.

De pronto, una sombra oscura emergió justo ante la proa de la embarcación. Soltando una maldición, el capitán intentó ponerse en pie y Nguma inició un giro brusco para evitar la colisión. A ambos lados de la piragua se divisaban más lomos negros y lustrosos que surcaban la brillante superficie del agua con rápidos movimientos.

–¿Qué ocurre? –pregunté asustado–. ¿Qué son?

---

24 *curricán:* aparejo de pesca de un solo anzuelo que suele largarse por la popa de los barcos cuando navegan.

–*Ngubú, ngubú* –gritó el cocinero.

–¡Hipopótamos! –Vangale hacía esfuerzos por mantener el equilibrio–. Toda una familia de malditos hipopótamos. A estas horas suelen salir a la orilla a pastar, pero parece que la luz de la luna les ha... ¡maldición!

Un golpe seco resonó en la quilla de la barca, que volcó como una cáscara de nuez ante la poderosa masa que empujaba desde abajo. En un momento todo se convirtió en un infierno a nuestro alrededor: chorros de agua, remolinos, gritos y objetos que se hundían bajo la superficie... Sin saber cómo recordé entonces las advertencias de Ningana, la joven contrabandista: «A pesar de su aspecto ridículo y bonachón, los hipopótamos tienen mal genio. En algunas ocasiones han matado a seres humanos, así que es mejor no acercarse a ellos y dejarlos en paz.»

Aunque ya era un poco tarde para seguir el consejo.

Durante largos minutos, una espantosa confusión se adueñó del centro del río. Recuerdo vagamente haber gritado angustiosas llamadas a Vangale y a Nguma, pero sin recibir más respuesta que el caótico chapoteo que me rodeaba por todas partes. En un momento dado, mis manos tocaron una recia superficie que tomé por el tronco de un árbol, pero al intentar aferrarme a ella descubrí horrorizado que se trataba de la espalda resbaladiza de un hipopótamo, que se revolvió nervioso. En un instante pensé en Astrid, en Bertrand, en mis padres. También en Libunga y en su maldición del cocodrilo. Presa del pánico, aspiré sin querer una bocanada de agua que fue a parar directamente a mis pulmones. Empecé a toser y sentí que mi vista se nublaba. Mientras me hundía poco a poco, observé que el agua de las profundidades era más fresca y que Vangale tenía razón:

el fondo estaba recubierto de una maraña de raíces y plantas de tacto viscoso... De repente me llegó la certeza de que aquello era el final.

Lo que tuvo lugar entonces es algo que jamás he podido explicar. A veces pienso que tal vez nunca ocurrió en realidad, que todo fue el resultado de una alucinación debida a la confusión de mi estado próximo a la muerte. El caso es que yo había abandonado la lucha y todo empezaba a oscurecerse a mi alrededor cuando noté el contacto de unas manos firmes que me sujetaban por la cintura y me impulsaban hacia arriba: hacia la vida.

Luego, perdí el conocimiento.

Cuando abrí los ojos, el sol ya estaba alto en el cielo. Me sentía tan débil que tuve que hacer un gran esfuerzo hasta poder incorporarme. Me dolía el pecho y me quemaba la garganta. También la cabeza y la mayoría de mis músculos parecían vapuleados por una cruel paliza. Pero nada de eso me importaba entonces.

¡Estaba vivo!

Cada vez que cerraba los ojos, fragmentos de extravagantes sueños acudían a mi memoria: visiones confusas donde me veía transportado hasta tierra por una joven mujer africana de rostro vagamente conocido. Sacudí la cabeza para ahuyentar los espectros de aquella noche terrible y miré a mi alrededor: resultaba sorprendente encontrarme varios metros tierra adentro, tendido sobre una verde alfombra de hierba mullida. No conseguía entender cómo había ido a parar allí. Poco a poco, los angustiosos recuerdos del naufragio regresaron a mi mente cargados de horror. Me palpé los bolsillos: el amuleto seguía allí. También conservaba parte del dinero cosido a la ropa, aunque ninguna de las dos cosas parecía de mucha utilidad en mi situación actual. Con mucho trabajo me puse en pie y me aproximé tambaleante hasta la orilla. El Lombe discurría ante mis ojos tranquilo y silencioso, como si nada hubiese ocurrido. No se apreciaba ni rastro de hipopótamos, ni de nuestra embarcación, ni tampoco de Nguma o Vangale. Incluso mi valiosa mochila había sido tragada por las aguas. Todo estaba perdido: Astrid, muerta. Vangale y Nguma, muertos... Yo mismo estaba ya sentenciado.

Nunca podría sobrevivir sin ayuda en medio de aquella selva espantosa.

Poco a poco comprendí la terrible realidad de mi situación. En apenas un instante pasé del estupor al terror más puro e irracional: lo mío no había sido suerte, sino desgracia. Envidié el destino de los demás, su muerte rápida y dulce. A mí me tocaba una agonía mucho más larga y espantosa.

Suspiré.

En medio del canto de las aves y del griterío de los monos, las aguas negras del Lombe continuaban desfilando perezosas hasta perderse entre la vegetación: hacia el lago Tumba. Numerosos insectos zumbaban por todas partes y el calor del mediodía caía como plomo derretido entre la hojarasca; sin embargo, yo no era consciente de nada de eso. En mi cerebro sólo cabía un hecho evidente y terrible:

Astrid estaba muerta, y pronto me reuniría con ella.

Capítulo decimoctavo

Solo en la selva

No grité, por extraño que pueda parecer. Tampoco lloré, y ni siquiera pataleé de rabia. Todo eso llegaría más tarde. Por el momento tenía bastante con compadecerme a mí mismo: estaba solo, desarmado y extraviado en uno de los escasos lugares verdaderamente salvajes que todavía quedan en la Tierra. Del confortable mundo civilizado apenas me quedaban los recuerdos y el reloj de pulsera.

El regalo de Astrid.

Astrid, mi meta ya inalcanzable.

Pensé también en mi familia. Tan lejana. Lo más probable es que nunca pudiera escapar con vida de aquella selva, y que jamás volviera a ver a mis padres.

Entonces ocurrió un hecho trivial, un pequeño milagro que tuvo la virtud de modificar mi sombrío estado de ánimo. Me encontraba de pie, junto a la orilla, rodeado de vegetación por todas partes; al moverme para regresar tierra adentro, una de mis manos rozó por casualidad las hojas de una planta. Para mi sorpresa, la rama se encogió con una celeridad casi animal.

Fascinado por el fenómeno, repetí la operación, y comprobé que el vegetal reaccionaba siempre ante mi contacto, plegando sus hojas y retirando sus ramitas con un movimiento que sugería una sensible timidez... Eso me hizo recordar un nombre:

Nzeté ningana.

La planta que se mueve como un animal, el nombre de la muchacha que me había brindado su compañía (y la mitad de su bocadillo de termitas) durante la peligrosa travesía desde Brazzaville hasta Kinshasa. Ella dijo que ese vegetal crecía cerca de su aldea natal, un lugar remoto que sin duda debía de parecerse al paraje donde yo me encontraba ahora. La imaginé siendo niña, una negrita inquieta y fascinada como yo por la respuesta del arbusto, y ese pensamiento me hizo sentirme menos solo. Pensé que aquella negrita curiosa, a pesar de su fragilidad, se habría burlado de mis temores. Ya puesto en pie, miré a mi alrededor con una perspectiva nueva, distinta. En realidad me encontraba en un lugar fascinante, donde no todo eran peligros y horrores. También había cosas bellas y prodigiosas. La respuesta de aquel curioso vegetal tuvo la virtud de sacarme del estado depresivo en que me encontraba, provocando en mí una reacción y un cambio de actitud inesperados. Sin saber cómo, me sentí invadido por una energía nueva y desconocida que me impulsaba hacia delante. Era como si alguien hubiese cambiado un chip en mi cerebro, como si de repente se hubiese despertado en mi interior un nuevo esquema de comportamiento, reservado por la naturaleza para casos de emergencia, y que hasta entonces había permanecido aletargado. Sospecho que todos llevamos dentro ciertos mecanismos de seguridad almacenados en nuestros genes.

Mecanismos naturales que pueden transformarnos de improviso, cuando las circunstancias así lo exigen.

Por eso considero que no hubo mérito alguno en mi cambio de talante. Aquello no tenía nada que ver con el valor o con la heroicidad. Era un proceso automático que funcionaba sin necesidad de esfuerzo o decisión por mi parte. En ese instante me convertí en un ser distinto, un individuo que debe luchar para sobrevivir frente a una naturaleza tan peligrosa como seductora y delicada. Retrocedía así a un modo de vida que en otros tiempos debió de ser habitual para nuestros antepasados. Habitual durante la mayor parte de nuestra andadura sobre este planeta.

Lo primero que hice fue buscar un palo cuya forma y tamaño adecuados me permitieran apartar la vegetación al caminar; entre las ramas de un árbol caído encontré una estaca recta y sólida que también podía servir, en caso de apuro, como arma defensiva. No era mucho, pero al sentir entre mis dedos la rugosa corteza de aquel rudimentario instrumento de supervivencia, sentí bullir en mi sangre la primitiva emoción del salvaje que todos llevamos dentro. Noté cómo la adrenalina inundaba mi torrente sanguíneo y la fiebre de la aventura me abrasaba por completo.

Mi nuevo y desconocido yo empezó a actuar.

Pese a carecer de experiencia en terrenos como aquél, el instinto y el sentido común me dictaron una serie de normas y precauciones elementales: caminaba con el mayor sigilo posible, sin alejarme nunca de la ribera del río, mi única referencia. De cuando en cuando me veía obligado a rodear lugares demasiado húmedos o enfangados. La búsqueda de los restos del avión había pasado a un segundo plano: mis pensamientos se centraban ahora en encontrar comida y cobijo para pasar la noche. Repasé todo lo que aún podía recordar de mi charla con la contrabandista, y me di cuenta de lo importante que podía ser aquello para mi supervivencia. Ella había hablado de orugas que viven arracimadas, de larvas que moran en el interior de los troncos de las palmeras... Tenía razón al decir que en la selva sólo necesitas ser dueño de ti mismo. Ya ni siquiera echaba de menos mi mochila.

Empecé a creer en mis posibilidades de subsistir en aquella selva. Es cierto que tenía algunas cosas en mi contra: estaba semidesnudo, hambriento y cansado. No disponía de armas (aparte de mi garrote), ni llevaba provisiones, ni mapas, ni siquiera una brújula. Desconocía por completo la región y no era posible solicitar ayuda de ningún tipo. Pero frente a todos esos inconvenientes poseía dos instrumentos que han permitido a la humanidad enfrentarse a los ambientes más adversos del planeta: la inteligencia (el sentido común) y la tenacidad.

Por desgracia, el entusiasmo inicial se iba evaporando a medida que transcurría el tiempo; la floresta se me antojaba cada vez más misteriosa y amenazadora, plagada de sonidos inquietantes y peligros invisibles. En más de una ocasión me pareció escuchar un ruido furtivo a mi espalda, el rumor de unas pisadas acolchadas que se movían sigilosas a cierta distancia y que cesaban en cuanto yo me detenía. Acabé por ignorar aquel sonido inquietante, convencido de estar siendo víctima de mis nervios a flor de piel.

Al caer la tarde ya no podía más; me encontraba extenuado y sediento, cubierto de arañazos y picaduras de insectos. El simple hecho de pensar en la inminente llegada de la noche me producía verdadero pánico. Empecé a dar rienda suelta a mi frustración profiriendo inútiles gritos y golpeando con rabia los troncos y ramas que se cruzaban en mi camino. El sudor y el esfuerzo me habían deshidratado mucho, y cada vez me parecía más difícil resistir la tentación de beber en las tibias y negras aguas del Lombe. Tampoco podía arriesgarme a comer las frutas y vegetales, a veces de aspecto apetitoso, por temor a morir envenenado. Recordé una novela en la que el astuto protagonista observaba a los monos para averiguar qué alimentos eran comestibles. Pronto averigüé que esa técnica resultaba muy difícil de poner en práctica: aunque se escuchaba el trajín de los monos en las ramas altas y a veces incluso lograba adivinar sus siluetas en movimiento a través del follaje, hubiera necesitado unos potentes gemelos para averiguar lo que estaban comiendo allí arriba. El agotamiento y el hambre empezaban a hacer mella en mi estado de ánimo. Entonces, un suave aleteo me sobresaltó…

Una bandada de grandes murciélagos sobrevoló la corriente justo sobre mi cabeza para ir a posarse no lejos de allí, entre los árboles que se encontraban un poco más adelante. Avancé despacio y con cautela, procurando no espantarlos. Al poco tropecé con un árbol repleto de ruidosos murciélagos…

Y de fruta.

Los frutos de aquella despensa de los *chiens volants* parecían pequeñas manzanas de color rosáceo. Mordí una de ellas, y su sabor resultó sorprendente: sabían a rosa. O mejor dicho, sabían a lo que huelen las rosas, porque nunca se me ha ocurrido comerme una flor para comprobar su sabor. A pesar de su curioso perfume, aquella fruta era sabrosa, y decidí confiar en Ningana y en el criterio de los voraces murciélagos.

Pero mi buena fortuna no acabó allí. Mientras recogía las piezas que los frenéticos comensales de arriba dejaban caer, me fijé en una palmera de aceite que crecía muy cerca. Entonces decidí probar suerte escarbando con un palo en su corteza. El resultado no se hizo esperar: a los pocos minutos tenía entre mis dedos un enorme gusano blanco, gordo y fofo. Era más grande que mi dedo pulgar, con seis diminutas patas cerca de la cabeza y una enorme mancha negra al final de su abdomen. Seguro de tener en las manos una de aquellas larvas de escarabajo rinoceronte que Ningana llamaba *kusuma,* cerré los ojos y me la comí.

Entera y cruda.

Después de esto, ya podía considerarme un experto en supervivencia selvática, aunque todavía no había probado las famosas orugas *mbinzo* para completar la poco apetitosa pero nutritiva dieta del lugar. Ignoraba si sobreviviría a la tenebrosa noche que pronto se echaría encima, pero me consolé pensando que, si tenía que morir, al menos lo haría con el estómago lleno.

Hacia el atardecer el cielo se oscureció de repente y un viento racheado sacudió la arboleda. Gracias a mi experiencia anterior en el río, supe con certeza que se aproximaba una nueva tormenta. Mi temor se vio confirmado minutos después, con el estallido de otra pavorosa tempestad tropical. Había leído en alguna parte que el cobijo de los grandes árboles implica cierto peligro de perecer abrasado por un rayo, así que opté por tumbarme en la hierba, a la orilla del río. Acurrucado sobre mí mismo permanecí allí, temblando de frío, aguantando el vendaval y el dolor que me producía la violenta cascada de agua al chocar contra mi piel desprotegida. Cegado por los relámpagos que inflamaban el cielo, estremecido por la violencia de los truenos que desgarraban el aire y hacían temblar hasta las raíces de los gigantes de la selva, aguardé pacientemente el final de la tempestad. Cuando por fin cesó la lluvia y una densa neblina procedente del río lo cubrió todo con su manto vaporoso, llené mi boca con agua fresca y limpia que goteaba de las hojas y sonreí satisfecho: no se podía juzgar un mundo tan extraordinariamente complejo como aquél desde el interior de un barco. Ni la selva del Congo ni el río son malignos. La naturaleza salvaje sólo asusta a quien no la comprende.

En las latitudes próximas al ecuador, la noche cae en pocos minutos. Por eso me sorprendió la oscuridad antes de haber podido encontrar un refugio para dormir. Tuve que caminar despacio y casi a tientas, hasta que tropecé con algo viscoso que se arrastraba entre la vegetación de la ribera. Me quedé inmóvil, sin atreverme a tocar una cosa alargada que reptaba como una serpiente, y que por suerte se alejó hacia el agua al tiempo que emitía roncos gruñidos. Más tarde tuve ocasión de comer la deliciosa carne de aquel ser, y supe que se trataba de un protóptero, un curioso pez tropical que respira por pulmones y que abandona el lecho de los ríos al amparo del frescor de la noche.

Al fin encontré un refugio para dormir. Cuando la oscuridad era ya casi absoluta, logré encaramarme a una horquilla baja formada por grandes ramas en el único árbol cuyo tronco parecía libre de hormigas o espinas. Extendí sobre ella algunas ramas frondosas y hojas tiernas a guisa de colchón, luego me hice un ovillo en aquel risible refugio y me dispuse a padecer mi segunda noche en la selva, que prometía ser mucho peor que la primera. Como cada vez que me quedaba quieto, volví a experimentar la desagradable sensación de ser observado... Me agarré con fuerza a mi garrote y me esforcé en pensar en otra cosa. Del cielo llegó el rugido lejano de un avión de línea. Quizá en su interior estarían sirviendo ahora la cena, o tal vez se iniciaba la proyección de una película de estreno. Pensé en la gente que viajaba dentro de aquella frágil ampolla artificial, sin preocuparse del oscuro universo que discurría bajo sus pies. Incluso después de que se apagara el sonido de los reactores, seguí pensando en ellos: tan cerca y a la vez tan lejos. Gente de otro mundo, viviendo otra realidad.

Aunque parezca increíble, me quedé dormido al momento, acunado por los rumores de la vida nocturna y el insistente canto del *ndeke ya butú,* el guardián de los difuntos.

Me despertó el estruendo de una manada de *jakos,* loros grises de cola roja que gritaban y silbaban en las ramas altas. A pesar de sentirme un poco magullado por la dureza de mi improvisada cama, comprobé que había descansado mejor en aquel árbol que dos noches antes en la tienda de Vangale; supongo que el agotamiento tuvo mucho que ver en ello. Mi organismo empezaba a familiarizarse con el ciclo vital de aquella tierra: de seis de la mañana a seis de la tarde. De sol a sol. No pude desayunar porque alguien o algo se había llevado la pequeña provisión de «manzanas-rosa» que había reservado debajo de un tronco seco. Bajé al río para lavarme un poco y beber un trago de sus peligrosas aguas, y entonces vi algo que me dejó sin aliento... A pocas decenas de metros río arriba, el tronco de un gigante de la selva surgía de la corriente y se alzaba hacia el cielo, como un enorme y llamativo obelisco. De no haber estado tan ocupado buscando un lugar donde dormir, lo habría visto la tarde anterior.

La piragua había naufragado muy cerca del final del viaje... Y yo, único superviviente de la catástrofe, había llegado a mi destino.

El avión (o lo que quedaba de él) yacía esparcido sobre una extensa superficie. Un ancho corredor talado en la selva señalaba la última trayectoria del infortunado aerotaxi, que había horadado un largo túnel a través de las capas bajas del impenetrable bosque. No era de extrañar que la búsqueda aérea organizada por los padres de Astrid hubiese fracasado. A mi alrededor, troncos arrancados de cuajo y ramas desgarradas daban fe de la violencia del impacto. Al acercarme a los restos del avión, comprobé aliviado que el paisaje no se parecía en nada al de mi pesadilla: era una selva normal, repleta de sonidos, de colores, de vida. Sin embargo, un olor dulzón y espantoso se apoderó de mi olfato poco antes de llegar al lugar: el insoportable hedor de la carne putrefacta...

El olor de la muerte.

Sobrecogido ante la idea de tener que presenciar una escena dantesca de cuerpos mutilados y descompuestos, sentí cierto alivio al no hallar ni el menor rastro de cadáveres entre los despojos del aparato. Grandes moscas verdes zumbaban a mi alrededor y el suelo aparecía cubierto de numerosas pisadas medio borradas por la tormenta del día anterior, un revoltijo de huellas y marcas confusas que yo era incapaz de descifrar. Lamenté no poseer más experiencia en la interpretación de rastros, pero incluso para un inexperto como yo resultaba evidente que por allí había desfilado una partida numerosa de personas. Estaba absorto en aquella imagen cuando apareció un viejo y me señaló con el dedo:

–*¿Mondele, ozalí koluka nini awa, na mboka ya botaka?*

Capítulo decimonoveno

Los botaka de la selva profunda

–¿Blanco, qué *buscá* aquí, en tierra de botaka? –repitió el anciano en un francés macarrónico.

Al principio no supe si debía asustarme o alegrarme de aquel encuentro. Examiné a aquel hombre, que se mantenía inmóvil y me señalaba con el dedo. Era de mediana estatura y aspecto fibroso; los músculos de brazos y piernas semejaban manojos de raídas cuerdas anudadas. Unos ojos severos me observaban desde el rostro arrugado, como de cuero viejo, y su cráneo alargado y calvo tenía la apariencia de un enorme y reluciente huevo negro. En vista de mi obstinado silencio se decidió a avanzar unos pasos y añadió:

–Ya no *quedá* nada aquí. Los *Limbaku* llevaron cuerpos.

–Los *Li-Limbaku*... –la emoción me hizo tartamudear–. ¿Ha-había una chi-chica joven entre los cuerpos?

El hombre se encogió de hombros con gesto de aburrimiento.

–Chica *akufi te.*

–No comprendo...

–Kasongo *acechá Limbaku* mientras ellos saquear avión. Chica viva cuando ellos llevar. También llevarse cuerpos para comer. Chica viva durar más, y ellos comer más tarde.

Las palabras de Kasongo insinuaban algo terrible y la esperanza que ofrecían era débil, pero la simple posibilidad de que Astrid estuviese todavía viva fue suficiente para que mis piernas fallaran y yo cayera de rodillas. Sentí correr abundantes lágrimas por mis mejillas, y la emoción me impidió hablar.

–*¡Mondele nyonso elemá!* –exclamó entristecido el viejo–. «Blancos todos majaras.»

En ese momento apareció un joven guerrero de aspecto temible, que se quedó plantado junto al viejo. Durante un buen rato, los tres permanecimos en silencio.

El hombre joven llevaba colgado a la espalda un arco de gran tamaño, y en la mano portaba una lanza corta de punta metálica. De su cinturón de fibra vegetal trenzada colgaba un curioso machete curvado en forma de hoz (de los llamados corta-cabezas). Me alegré al comprobar que, pese a su feroz aspecto, aquel hombre no parecía albergar intenciones agresivas.

–Me llamo Isangu –se presentó al fin–, hijo primogénito de nuestro sabio brujo Kasongo –señaló hacia el anciano que estaba su lado–. Nuestro poblado se llama Botuali y está cerca de aquí, pero no podemos llevarte hasta él. Ningún hombre blanco debe poner los pies en Botuali.

–¿Ningún hombre blanco? –me extrañé–. ¿Por qué?

–Porque ya acogimos una vez a un *mondele* entre nosotros, y nos hizo mucho daño. Lo único que podemos ofrecerte es un poco de nuestra comida para que prosigas tu camino y abandones nuestras tierras.

De una especie de zurrón de piel que llevaba colgado al hombro sacó tiras de carne ahumada, orugas tostadas y fruta. Nos sentamos los tres en el suelo y nos repartimos las sencillas provisiones.

–Come bien, amigo Albert –Isangu me ofreció una enorme larva tostada–. Tienes que reponer fuerzas para emprender el regreso. Esto es muy nutritivo, lo llamamos *kusuma.*

–Conozco estos gusanos –presumí con orgullo–. Son larvas del escarabajo rinoceronte y viven en las palmeras. Las he comido cuando estaba solo en la selva.

Isangu me miró con fingido asombro.

–Supongo que habrás tomado la precaución de quitarles la bolsa negra que tienen en el abdomen, ¿verdad?

–¿Bolsa negra? –noté que se me encogía el estómago.

–Los *kusuma* nunca defecan. Durante toda su vida almacenan los excrementos en una bolsa al final de su abdomen. Comer eso sería repugnante.

Intenté disimular el asco que sentía mirando hacia otro lado, mientras Isangu contenía la risa.

–La verdad es que estaba hambriento –confesé agradecido–. Me sorprende un poco que hables tan bien francés, Isangu. ¿Has estado alguna vez en Bélgica?

–Nunca, pero mi hermana y yo nos educamos juntos en la misión de Bikoro. A pesar de ser brujo, mi padre siempre ha insistido en la importancia de aprender también de los *mondele.* Pero hablemos de ti. Supongo que ha sido el accidente del avión lo que te ha traído hasta territorio botaka.

–Así es.

Mientras comíamos, Kasongo me ofreció beber de una calabaza. Por un momento temí que se tratara del terrible aguardiente que tanto gustaba al infortunado capitán, pero al aproximar aquel recipiente a mis labios me sorprendió paladear un líquido fresco y fermentado, una especie de cerveza débil y ácida que quitaba la sed de forma pasmosa.

Una vez finalizado el improvisado desayuno procedí a narrar en pocas palabras las peripecias de mi viaje, incluido el naufragio de la piragua y la pérdida de mis dos compañeros. Por prudencia preferí ocultar la presencia del talismán que aún llevaba en mi bolsillo. Padre e hijo escuchaban mi relato en silencio, intercambiando entre sí alguna que otra mirada de entendimiento. Cuando terminé mi narración, me pareció adivinar un ligero brillo de simpatía en la mirada de ambos hombres, especialmente en el más joven.

–Bien –exclamó sonriente–, ahora que ya has visto lo que queda del avión, supongo que desearás irte cuanto antes. La selva no es buen lugar para un *mondele.*

–No he viajado hasta aquí únicamente para contemplar unos hierros retorcidos –respondí con firmeza–. He venido a buscar a una persona, a esa chica que según tu padre ha sido raptada por miembros del clan *Limbaku.* No me iré de aquí sin ella.

La expresión del guerrero se tornó grave.

–Nadie puede acercarse al refugio de los *Limbaku,* ni siquiera nosotros. Tal vez esa chica esté aún viva, pero debes pensar en ella como si ya estuviera muerta. Lo mejor que puedes hacer es olvidarte de ella y alejarte de aquí cuanto antes.

Metí la mano en mi bolsillo y acaricié la pulida superficie del talismán. Pensé que tal vez podría ofrecérselo a

Isangu a cambio de su ayuda, pero preferí esperar. ¿Hasta qué punto podía confiar en aquel guerrero desconocido que ni siquiera me permitía acercarme a su aldea? Decidí tantear el terreno.

–¿Conoces algo llamado *keta-konza?*

–Naturalmente. Es el objeto que nos fue robado por un blanco al que ofrecimos cobijo en nuestro poblado. Así pagó nuestra hospitalidad, llevándose nuestra reliquia más sagrada.

–¿Es un talismán?

–Es más que eso. Para nosotros representa el futuro y la vida.

–Tus palabras me hacen pensar en la mujer que amo, que tal vez haya muerto en estos momentos. También pienso en mis camaradas, que se ahogaron al volcar la piragua. Me temo que ningún talismán podrá resucitar a ninguno de ellos.

–Tienes razón en eso de que ningún sortilegio puede resucitar a los muertos. Pero la magia puede actuar de otra manera más sutil: una persona no está ni viva ni muerta hasta que alguien lo sabe.

–Tu manera de razonar es muy extraña, amigo Isangu; me recuerda ciertas paradojas de la física cuántica.

–No sé qué es eso.

–Olvídalo. ¿Qué puedes decirme del naufragio de la piragua?

–Ataque de *ngubú* causado por *likundú mobomi* –intervino el anciano Kasongo.

–Mi padre tiene razón –confirmó Isangu–. Apostaría a que fue algún miembro del clan el que provocó el hundimiento de vuestra piragua.

–¿Y por qué me dejaron a mí con vida?

–Cualquiera sabe. Quizá tuviste suerte.

–Me pierdo con todo este asunto, Isangu. No sé quiénes son los brujos del clan *Limbaku,* ni las sirenas-bruja. Tampoco entiendo lo que significa el *keta-konza.*

–Yo te puedo contar la historia del *keta-konza,* que es al mismo tiempo la historia del pueblo botaka y de las *mamí-watá.*

–Me encantará escucharla.

Capítulo vigésimo

Una leyenda africana

—SEGÚN lo que nuestros abuelos nos han contado desde siempre, la historia del pueblo botaka se remonta al inicio de los tiempos, cuando *Zambe*[25] creó el mundo. Pero los botaka de la costa no estaban solos: en el centro del lago hay una isla llamada Kanzanzalu, que antes era un lugar muy bello. Allí vivía una tribu célebre por la valentía de sus guerreros y la belleza de sus mujeres. Su rey se llamaba Bompundye, y vivían en paz con nosotros, los botaka de tierra adentro. Nosotros también teníamos un rey: Mbondonsono.

Isangu me ofreció un trago de cerveza ácida, que acepté gustoso mientras escuchaba el relato que por fin me revelaría el origen del misterio que me había arrastrado hasta aquel lugar perdido en la noche africana.

–Durante siglos vivimos tranquilos y en paz, los botaka *ya mai,* que vivían en la paradisíaca isla Kanzanzalu, y

25 *Zambe:* Dios.

nosotros, los botaka *ya zamba,* que habitamos el interior del bosque. Pero aquella situación idílica se rompió a raíz de una disputa entre ambos monarcas, que acabaron odiándose. Pronto ese odio se extendió al resto del pueblo y provocó numerosas guerras. El lago entero se convirtió en un permanente campo de batalla, y eran frecuentes las incursiones de flotillas de piraguas que arrasaban todo a su paso.

–Me parece terrible. ¿Y quién venció al final?

–A pesar de su legendaria bravura, los guerreros de la isla eran muy inferiores en número. Acabaron pereciendo todos, incluso el rey Bompundye, que murió luchando. Entonces fueron relevados por sus mujeres, que siguieron combatiendo con furia a las órdenes de una hechicera, Kpuruka: tenía grandes poderes y convirtió a sus guerreras en sirenas-bruja, capaces de vivir y respirar bajo las aguas. Los botaka de tierra firme empezamos a padecer los ataques cada vez más mortíferos de aquellas amazonas, que sembraban el terror en las noches de luna llena cuando surgían del agua armadas con grandes cuchillos y un brillo sobrenatural en sus ojos. Decididas a vengar a sus esposos e hijos muertos, una noche entraron en la mismísima choza del rey Mbondonsono y lo asesinaron. Desde entonces empezaron a ser conocidas con el nombre de *mamá-wagiá,* que en antiguo bangala significa «madre que nada o que flota». Ese nombre degeneró con el tiempo hasta convertirse en el actual *mamí-watá.*

»Las cosas iban de mal en peor. Hasta que, harto de tanta barbarie, un día apareció el dios Kubwanza, que convocó a la reina de las *mamá-wagiá* y al nuevo rey botaka, también brujo, llamado Kabundu. Les obligó a sellar la paz y les entregó el *keta-konza.* Kubwanza explicó que el *keta-konza* no había sido tallado por manos humanas. Era un símbolo de armonía que representaba la unión del lado femenino y el lado masculino de todos los habitantes de estas tierras. Por fin ambas tribus tenían algo común en que fijarse, algo que debía garantizar de nuevo la paz y la concordia de ambos pueblos. Kubwanza esperaba que, estando protegidas por el mismo *nkisi,* las dos tribus se unirían. Pero el egoísmo de aquellos monarcas no tenía límites: ahora cada uno codiciaba para sí la posesión exclusiva del talismán. Así la historia del *keta-konza* pasó a convertirse en continuación de la ya larga cadena de robos, reyertas y muertes. Por culpa de semejante ambición fueron quemados poblados enteros y sacrificada la vida de muchas personas. Un día el brujo Kabundu y la reina Kpuruka se enzarzaron en una pelea cuerpo a cuerpo, agarrando cada uno el talismán por un extremo, y así forcejearon hasta que lo partieron por la mitad. El dios Kubwanza se enfureció tanto que decidió retirarnos su protección. Las aguas del lago se volvieron negras y los demonios de las profundidades vagaron sueltos de nuevo. La bella isla de las *mamá-wagiá* se convirtió en un lugar maldito al que ni siquiera la poderosa reina Kpuruka se atrevió a regresar. Desde entonces, las sirenas-bruja vagan siempre cerca de su antigua morada, sin atreverse a entrar de nuevo en ella.

–Y actualmente... ¿Seguís en guerra contra esas... sirenas?

–Ya no. Los desastres que asolaron la región acabaron por hacernos comprender que nos necesitábamos los unos a los otros. Arrepentidos de su mala conducta, los dos reyes decidieron confiar cada una de las mitades a un guardián dotado de poderes mágicos, para garantizar su seguridad. La parte femenina fue confiada a la propia Kpuruka, mientras la parte masculina quedó en manos de Kbangogo, el anciano brujo de la otra tribu. Cada noche de luna llena, Kpuruka y Kbangogo se citaban a orillas del

Lombe y juntaban ambas partes del talismán, con la esperanza de que un día se unieran de nuevo. Hoy día han heredado esa responsabilidad la reina Kwasa y mi padre, sus descendientes, que siguieron repitiendo ese rito en espera de que algún día Kubwanza decidiera perdonarnos y el talismán volviera a ser uno solo. Esto fue así hasta el día en que nos robaron el *keta-konza.*

Los rumores de la selva servían de incomparable telón de fondo al extraño relato de Isangu. Un relato que me dejó perplejo. Durante un buen rato estuve meditando sobre aquella historia tan fantástica como disparatada, pero que hacía encajar de manera asombrosa todas las piezas del rompecabezas en que me hallaba inmerso. Todas menos dos.

–Hay un par de cosas que no logro entender, amigo Isangu: ¿cómo consiguió aquel blanco robar el *keta-konza?* Según dices, estaba custodiado por dos hechiceros tan poderosos como tu padre y la reina de esas terribles sirenas-bruja.

Isangu bebió un largo trago de aquella cerveza sin graduación y sonrió:

–A todos nos pareció increíble, pero el *mondele* era astuto y perseverante como una hiena. Una vez al corriente de la situación, aguardó a la siguiente noche de luna llena y no paró hasta encontrar un modo de apoderarse de ambas mitades del *keta-konza.* Aquel *mondele* había sido acogido entre nosotros como un hermano y nadie desconfiaba de él.

–Lo siento, Isangu. En todas partes hay personas buenas y malas.

–El caso es que hemos aprendido la lección: desde entonces no hemos vuelto a confiar en un extraño.

Recordé las muertes de Bertrand, Vangale, Nguma, los pasajeros del avión, tal vez de Astrid…

–Ese extranjero ha hecho mucho daño –me lamenté–. Y no sólo a vosotros, a mí también me lo ha hecho. ¿Sabéis dónde está ahora?

–Lo perseguimos para recuperar el *keta-konza,* pero al llegar a la ciudad de Mbandaka le perdimos la pista. Debió de refugiarse en casa de algún amigo. Más tarde supimos que había muerto víctima de una enfermedad fulminante.

–Castigo de dioses –interrumpió el viejo Kasongo.

–El caso es que nunca pudimos recuperar lo que nos había robado. Antes de morir pudo entregárselo a la persona que le dio cobijo, pero nosotros nunca llegamos a descubrir la identidad de esa persona.

Todo empezaba a aclararse en mi cabeza: la persona que acogió al ladrón moribundo tuvo que ser el propio padre de Astrid. Luego, desconociendo la importancia del *keta-konza,* se lo regaló a su hija. Comprendí que tendría que restituir el talismán a aquella gente, sus legítimos dueños. Pero lo haría más adelante. Todavía lo necesitaba: era mi brújula para encontrar a Astrid.

–Hemos sabido que el clan *Limbaku* también planeaba hacerse con el talismán –prosiguió el joven guerrero–. De haberlo logrado, su poder habría aumentado haciéndolo invencible. La sabia Kwasa, reina de las *mamí-watá,* dice que el *keta-konza* está destinado a regresar para ser custodiado de nuevo por ellas. Según nuestra tradición, está próximo el día en que sus dos mitades se unirán de nuevo en una sola, para que todos los pueblos y razas queden otra vez bajo su protección. Kwasa ha pronosticado que también será un *mondele,* un hombre blanco, el que nos devuelva el *keta-konza.*

–Necesito llegar como sea hasta la guarida del clan *Limbaku.* Si me ayudáis os juro que haré lo posible por devolveros vuestro *keta-konza.* Tengo un plan.

Isangu sonrió con benevolencia.

–Sé que lo intentarías, pero es inútil. No tienes ni idea de la magnitud de las fuerzas a las que tendrías que enfrentarte. Yo te ayudaría con gusto, pues cualquier enemigo del clan es amigo nuestro, pero nadie debe ir allí. Ningún botaka puede pisar la tierra maldita de Kanzanzalu.

–Está bien. No te pido que me acompañes, pero al menos guíame hasta allí.

–*¡Mondele nyonso elemá!* –exclamó el viejo Kasongo.

–Sí –afirmó Isangu–, hay que estar loco de remate para pretender enfrentarse a Mbele Libunga.

Una vez más, el simple sonido de aquel nombre me hizo temblar.

–Un amigo me dijo que la propia magia de un brujo podía volverse contra él y destruirlo. Tengo pensado engañar a Libunga para que se autodestruya.

El anciano brujo sacudió dubitativamente la cabeza, aunque su hijo sonrió condescendiente.

–Mi padre y yo te llevaremos en piragua hasta la isla, pero no podremos bajar contigo ni acompañarte al interior de Kanzanzalu. Deberás enfrentarte solo a la maldad de Libunga.

Estuve a punto de protestar, pero comprendí que era mejor callarme.

–Gracias, Isangu. ¿Cuándo partiremos?

–Necesitaremos algunas horas para preparar una piragua rápida y algunas provisiones. Lo mejor será que salgamos mañana muy temprano, antes del amanecer.

–¿Dónde puedo dormir?

–Pasarás la noche en una cabaña que utilizamos como refugio de caza –propuso Isangu–. Te traeremos comida y bebida para que repongas fuerzas y estés fresco y listo para el viaje.

Las aguas tranquilas del Lombe desfilaban en silencio ante mis ojos, misteriosas, igual de enigmáticas que el destino de las personas. Llevaba un buen rato sentado junto a la orilla, tratando de asimilar todo lo que me había contado Isangu acerca de las antiguas leyendas del pueblo botaka, cuando me di cuenta de lo tarde que era. Tenía que descansar.

La pequeña choza solitaria estaba provista de una simple estera para dormir y contaba con una pequeña reserva de fruta y *masanga,* la débil cerveza ácida que me había proporcionado Isangu. Después de mi anterior permanencia en plena selva, el humilde chamizo me pareció una vivienda confortable, limpia y segura. Tardé mucho en conciliar el sueño, preguntándome cuánto tiempo tardarían los *Limbaku* en agotar sus provisiones de cadáveres. Debía darme mucha prisa si quería intentar rescatar a Astrid con vida. Pero ¿podría hacerlo solo y sin ayuda? Aquellos botaka del interior parecían poco dispuestos a llevar más lejos su ayuda. Tendría que planear algo para interesarlos en el rescate de Astrid. Aún llevaba mucho dinero cosido en mis ropas. ¿Serían codiciosos los guerreros de aquella selva?

Me dormí acariciando el *keta-konza,* a través de cuya superficie me parecía estar acariciando la suave piel de Astrid. La presentía cerca, y pensé que pronto me reuniría con ella, ya fuera en la vida o en la muerte. Aquella noche soñé con el viejo brujo Kasongo. Estaba sentado a mi lado y repetía sin cesar:

–Chica *mondele* será comida en ceremonia *Limbaku.*

Capítulo vigésimo primero

La isla de las sirenas-bruja

A pesar de no disponer de motor alguno, la piragua se deslizaba con rapidez corriente abajo. Manejados con destreza, los canaletes se hundían profundamente en el agua negra y nos impulsaban a una velocidad asombrosa. Desde nuestra salida de Botuali caía una insistente y fina llovizna que cubría la superficie del río con un velo mate. A causa de la lluvia la visibilidad era muy reducida, y los tres hombres que viajábamos en el interior del estrecho casco estábamos completamente empapados. Isangu había dicho que en el poblado había anchas y cómodas piraguas dotadas de una techumbre para resguardarse del sol y de la lluvia, pero la nuestra no era de ésas: era una *bwato ya etumba,* una piragua de guerra. Me explicó que aquella embarcación rápida y maniobrable era casi idéntica a las que se usaban en las antiguas batallas entre los botaka *ya zamba* y los botaka *ya mai.* Isangu, gran conocedor del río, remaba situado en la proa. Yo me encontraba en el centro, esforzándome por seguir el ritmo ágil de su boga. El viejo Kasongo, sentado en la popa, se mantenía ceñudo y callado.

Estábamos cerca de la desembocadura del Lombe, y la inmensidad del lago Tumba ya se adivinaba entre el follaje. Intenté romper el tenso silencio.

–Me habías prometido explicarme... el nacimiento del clan *Limbaku.*

–Lamento decirte que en parte fuisteis vosotros, los blancos, los creadores del clan *Limbaku.*

En la voz de Isangu apenas se percibía el esfuerzo del remo, mientras que a mí me faltaba el resuello.

–No... comprendo.

–En la época colonial vinieron muchos europeos desde *Mpoto,* la lejana Europa, y trajeron consigo sus costumbres y su religión. En las ciudades, la gente se fue apartando de los brujos para ponerse en manos de los *monganga* o *mondele nganga,* los médicos blancos, lo que provocó el consiguiente enojo de los hechiceros, que de repente se vieron despojados de su tradicional influencia. Más tarde, las autoridades coloniales prohibieron por decreto la práctica de cualquier tipo de magia. Eso colocó automáticamente fuera de la ley a todos los brujos, que se agruparon en clanes secretos y se refugiaron en la selva. Así fue como se instaló la maldad en nuestra tierra.

–Al principio, brujos *queré* simplemente recuperar privilegios –puntualizó el viejo Kasongo–. Ahora ya no *conformá* con eso.

–Han descubierto el poder del terror, y se han acostumbrado a ejercerlo –añadió el joven guerrero–. Las ambiciosas intrigas clandestinas han convertido a muchos de ellos en simples asesinos, gentuza sin escrúpulos dispuesta a cometer todo tipo de atrocidades con tal de conseguir el poder absoluto y la sumisión de la gente.

La embarcación se estremecía al penetrar en la superficie del lago, rizada por un fino oleaje. La lluvia arreciaba.

–Y para eso no han vacilado en recuperar algunos rituales atroces, ceremonias malditas que llevaban muchos años olvidadas –prosiguió Isangu–. Hace algunos años aparecieron por aquí los miembros de una de las peores sociedades secretas dedicadas a sembrar el terror: el clan *Limbaku.* Al parecer les gustó la seguridad que les ofrecía la isla y se asentaron en ella...

–¿Por qué precisamente aquí?

–Los *Limbaku* obedecen ciegamente las órdenes de su jefe, Libunga, un brujo poderoso y resentido que, según ellos, está destinado a ostentar el poder supremo. Pues bien, ese monstruo que dirige a los *Limbaku* nació aquí. Es uno de los nuestros, un botaka que se crió entre nosotros. Por eso escogió esta tierra como refugio.

La intensidad del oleaje aumentaba a medida que nos alejábamos de la costa, aunque los bamboleos cada vez mayores de la piragua no parecían inquietar a mis compañeros.

–Pero existe otra razón que atrae a los *Limbaku* a esta región –continuó Isangu–. Como cualquier botaka, Libunga ya conocía desde pequeño la existencia del *keta-konza,* y poseerlo se convirtió en la obsesión de su vida. Lo necesita para amplificar su poder.

–¿Siempre ha sido así de ambicioso?

–Kasongo *recordá* cuando Libunga era pequeño. Entonces Mbele niño tímido y solitario.

–No hay que olvidar que Libunga es un *elumbu,* y debido a su aspecto tuvo que padecer durante años el desprecio y la burla del resto de sus vecinos. Es posible que todos nosotros seamos culpables del odio y la maldad que se han ido acumulando a lo largo de los años en el corazón de Libunga. En cualquier caso, está claro que es muy astuto:

cuando se enteró de que el *keta-konza* había sido robado y llevado a Mbandaka, corrió hacia allí. Pero también llegó tarde.

Mientras la fina lluvia nos azotaba con fuerza, yo pensaba en el brujo albino. Un niño resentido que había crecido rodeado por las burlas y el desprecio de los demás, y que ahora se estaba tomando la revancha. Aunque Isangu estaba equivocado en una cosa: Mbele Libunga no había perdido el rastro del *keta-konza.* Por eso había viajado hasta Bruselas, siguiendo la pista del objeto. Incluso conocía la casa donde vivía Astrid, y eso explicaba el intento de robo que sufrió su tía. Pero todo se complicó cuando Astrid me regaló la mitad del talismán y ella regresó al Congo con la otra mitad. Ahora que Libunga ya había conseguido la mitad que llevaba Astrid, sólo necesitaba la mía.

Y yo se la estaba llevando directamente a casa.

–¿Qué pasará si Libunga obtiene el talismán completo? –pregunté.

–Su poder aumentará y él se sentirá dispuesto a dominarnos a todos. Para celebrar su triunfo organizará una brillante ceremonia donde la carne humana será el plato principal. Si eso sucede, toda esperanza de salvación habrá desaparecido para siempre.

–¿Cómo podré reconocer el refugio del clan?

–Durante el resto del viaje te explicaré todo lo que sabemos de ese lugar –Isangu dejó de remar y levantó la vista al cielo gris–. Mientras siga lloviendo, todo irá bien.

La incómoda lluvia estaba de nuestra parte, pues aunque dificultaba nuestra navegación, también reducía la visibilidad en el lago a pocos cientos de metros. Por desgracia, el viento racheado que nos empujaba de costado empezó a arreciar, y las olas se hicieron cada vez más altas. De cuando en cuando, una bocanada de agua inundaba el interior de la piragua. Hacía tiempo que yo había dejado de remar para dedicarme a la tarea más necesaria de achicar agua con un pequeño recipiente de barro. No daba abasto. Nuestro plan inicial consistía en llegar a la isla al anochecer para no ser vistos desde lejos, pero el mal tiempo nos estaba retrasando más de lo esperado.

–A este paso será noche cerrada antes de que lleguemos –se quejó Isangu.

–No *importá* si de noche –dijo Kasongo–. Ahora *mamí-watá* están de nuestra parte.

Ignoro si se debió a la sugestión por todo lo que había escuchado hasta entonces, pero sentí de pronto una dolorosa opresión en el corazón. Una angustia desmedida se adueñó de mí incluso antes de divisar siquiera los confusos contornos de Kanzanzalu, la isla maldita. De repente experimenté un miedo atroz, un deseo irresistible de alejarme de aquel lugar. Mis compañeros continuaban remando despacio, y me pregunté si sentirían lo mismo que yo, aunque no me atreví a preguntárselo.

El sonido suave de unas olas rompiendo contra la costa en la oscuridad me transportó a otra noche terrible, durante la travesía desde Brazzaville hasta Kinshasa. Recordé la tensa y silenciosa espera junto a esa otra isla gigantesca llamada Mbamú. Ahora todo era diferente. Ningana no estaba allí para ofrecerme un suculento bocadillo de termitas, pero a cambio tenía dos estupendos compañeros en los que confiar. Los relatos de las sirenas-bruja dominaban mi imaginación al recordar la descripción del malogrado capitán, que aseguraba haber visto a una de esas misteriosas criaturas cerca de aquella isla. Miré hacia el agua, pero la oscuridad era casi total. Aunque todo un ejército de sirenas-bruja hubiera rodeado la piragua, no las habría visto. Sin embargo, oí algo. Era un sonido suave, una especie de chapoteo sigiloso que no procedía de los remos, ni del romper de las olas contra la orilla.

Jamás podré olvidar las horas que tuvimos que pasar, empapados en el interior de una angosta piragua de guerra. Otra vez la calma que precede a la tempestad, aunque esta vez yo era consciente de ello. Estábamos ateridos de frío y con el alma desgarrada por negros presentimientos que emanaban de aquel lugar horrible. Dormí poco, y desagradables pesadillas se adueñaron de mis escasos momentos de sueño. Cuando la claridad del amanecer empezó a dibujar los contornos de las cosas, la vista de la isla me hizo desear que la noche regresara de nuevo. Nunca había visto un paisaje tan siniestro y desagradable como aquél.

La despedida fue triste: tal vez mis amigos intuyeran que nunca más volveríamos a vernos. Al saltar de la piragua sentí bajo las suelas de mis zapatos el desagradable tacto viscoso de la tierra maldita de Kanzanzalu. Avancé unos pasos hacia el interior de la isla y observé un paraje escalofriante en el que miles de troncos de árboles muertos se erguían patéticos en medio de la bruma, como viejos esqueletos de animales prehistóricos. Experimenté una curiosa sensación de *déjà-vu,* la seguridad de haber estado antes en ese lugar infernal. Como confirmación de mis temores, descubrí la silueta de un enorme pájaro encaramado en la rama baja de un árbol.

El ave de mi pesadilla me estaba esperando.

Me detuve en seco y me volví aterrado hacia mis compañeros de la piragua. Incluso el valiente Isangu parecía incapaz de soportar la malignidad que emanaba del ave, que nos observaba fijamente. En su cabeza lucía un dibujo que semejaba una calavera humana.

–¿Qué pájaro es ése? –pregunté con un hilo de voz.

–No es un pájaro, sino un demonio –respondió Isangu con una voz que tampoco parecía la suya.

–Nombre de demonio, Mbalakala –aclaró Kasongo.

–Mbalakala siempre merodea cuando alguien agoniza para robar su alma y llevársela al reino de *Linfelo*[26] –precisó el joven guerrero.

El pajarraco alzó el vuelo de improviso, para ir a posarse en otro árbol más alejado.

Ni yo mismo soy capaz de entender de dónde saqué fuerzas para continuar mi marcha. Todo mi cuerpo pedía a gritos regresar corriendo a la piragua y alejarme cuanto antes de allí. Pero una energía desconocida movía mis piernas, que me llevaron poco a poco hasta el interior de aquel bosque diabólico. Cuando volví de nuevo la cabeza, ya no pude ver la orilla, ni tampoco la piragua con mis dos amigos. El plan que había proyectado se me antojaba ahora absurdo y disparatado.

La única vida del bosque la constituían unas peludas arañas de largas patas que correteaban por los troncos semipodridos. Todo aquello me resultaba conocido:

Estaba reviviendo una pesadilla.

Aunque parezca increíble, yo había soñado con Kanzanzalu mucho antes de llegar allí, pero la realidad era aún peor que el sueño: la incesante llovizna lo volvía todo chorreante y resbaladizo. Una tristeza mortal cubría el paisaje, y recordé la mención del capitán al libro de Van Gaelens:

26 *Linfelo:* infierno.

«En las frondosas selvas del Congo existen lugares desolados donde el corazón se encoge y el alma tirita de pavor.» Arbustos retorcidos y cubiertos de espinos me arañaban la piel a cada paso, y desde las ramas altas llegaba de tanto en tanto el desagradable rumor de un aleteo invisible. Un susurro furtivo, acompañado de un ligero estremecimiento de la capa de humus, revelaba la presencia de alguna gruesa serpiente que reptaba perezosamente por el fango. Temeroso de estar dando vueltas sin rumbo, saqué el talismán y lo mantuve unos segundos sobre la palma de mi mano. Enseguida giró sobre sí mismo y me indicó sin vacilación el camino que debía seguir.

De forma insospechada, la maraña del bosque cedió ante una planicie desolada. En medio del llano, un objeto extraño asomaba semienterrado en el barro:

Un zapato de mujer.

Me acerqué con prudencia y lo reconocí al instante: era el mismo calzado que Astrid llevaba puesto en Bruselas el día de su marcha. Mi corazón brincó con una mezcla de terror y de renovada esperanza. A pesar de todas las dificultades estaba llegando a mi meta: ¡Astrid!

Capítulo vigésimo segundo

El clan *Limbaku*

CADA vez más desmoralizado, con el ánimo minado por el perverso influjo del lugar, seguí avanzando en la dirección indicada por el *keta-konza:* hacia el centro de la isla. Más de una vez pensé que me dirigía al auténtico corazón de las tinieblas. Únicamente la presencia de aquel solitario zapato me proporcionaba alguna esperanza.

Al fin llegué a una especie de hondonada pantanosa cuya encharcada superficie desprendía un hedor pestilente. En su centro se alzaba una pequeña elevación con forma de túmulo funerario y, sobre ella, cinco chozas alargadas de madera y adobe. Tenía que ser allí.

El refugio del clan *Limbaku.*

El mayor foco de maldad de toda la región.

Confieso que me sentí un poco decepcionado. Esperaba algo más llamativo; un templo majestuoso dedicado a oscuras divinidades, una antigua ciudad olvidada, tal vez una gruta abierta hacia los infiernos... Pero ¡cinco chozas!

Isangu me había advertido que no me dejara engañar por su aspecto inofensivo. Al parecer, en cada una de esas chozas vivía un brujo muy poderoso. Entre todos podían controlar a los demonios del lago y extender el sufrimiento, la enfermedad y la muerte por toda la comarca. Me hallaba frente a la mismísima capital del horror y, según el viejo Kasongo, únicamente el dios Kubwanza podría protegerme de su influencia. Pero Kubwanza no se había manifestado aún. Tal vez estaba ocupado en asuntos más importantes.

Un enorme cocodrilo que dormitaba sobre el barro me observó al pasar sin inmutarse. Tenía la boca abierta, y numerosas moscas se arremolinaban entre sus dientes en busca de restos de carne putrefacta. Traté de conservar la calma. Si el pajarraco llamado Mbalakala era realmente una especie de espía de los brujos, entonces ellos ya sabían que yo estaba allí. Y si Libunga hubiese deseado hacerme daño, no le habían faltado ocasiones de hacerlo. Al fin y al cabo, le estaba llevando el *keta-konza* a casa. No tenía sentido que Libunga cumpliera ahora su amenaza de hacerme devorar por un cocodrilo, el cual, de paso, se zamparía el talismán.

Poco después hice otro descubrimiento inquietante: bajo la delgada capa de agua del pantano había un barro pegajoso en el que mis pies se introducían profundamente y quedaban atrapados. Al sacarlos se producía un ruido de succión acompañado de un apestoso burbujeo. De repente me hundí hasta la cintura, y cada movimiento de mis piernas no hacía sino sepultarme aún más en aquella viscosa pasta.

–¡Me hundo! –grité asustado–. ¡Son arenas movedizas!

Mientras forcejeaba por liberarme de aquella trampa pegajosa, una gruesa serpiente se deslizó a mi lado por la superficie del lodazal. ¿Por qué ella no se hundía? Desesperado, desistí de mis intentos por mantenerme en pie y traté de tumbarme boca abajo. Quedé sorprendido al comprobar que ahora yo también flotaba. Contento por mi descubrimiento, me dispuse a reptar como un gusano en medio de aquella sopa espesa y maloliente. Pero el avance era lento y penoso: grandes ranas panzudas se apartaban a mi paso, y otra culebra acuática atravesó nadando la exigua capa de agua, a pocos centímetros de mis narices. Al cabo de un tiempo que se me antojó interminable conseguí rebasar la zona más enfangada y pude adoptar de nuevo la posición vertical. Las chozas de los brujos *Limbaku* estaban ya muy cerca y su estructura se apreciaba con todo detalle: eran de forma alargada y mucho más grandes de lo que parecían desde lejos. Estaban dispuestas en estrella, como las palas de una hélice, aunque a mí me pareció que configuraban una absurda rosa de los vientos dotada de un quinto y misterioso punto cardinal. Cada una de las cinco chozas tenía el aspecto de un austero y primitivo palacio feudal, y todas ellas se fundían en su centro de unión, formando una especie de ensanche circular. Me encontraba a menos de un tiro de piedra de la curiosa edificación, pero nadie salía a recibirme. No se apreciaba el menor signo de vida en aquellas casas: ni humo, ni ruido, ni movimiento.

¿Podía estar Astrid encerrada en una de aquellas chozas? Mi corazón se aceleró con sólo pensar en esa posibilidad, aunque todo parecía indicar que el lugar estaba deshabitado. Tal vez los brujos habían salido a resolver sus asuntos. Reconocí que ésa era una idea demasiado bonita para ser cierta.

Me detuve ante la mayor de las cinco edificaciones, cuya puerta de madera aparecía ennegrecida por el tiempo y la humedad. Me disponía a llamar con los nudillos cuando cambié de idea. Empujé con firmeza y la puerta cedió en silencio. El siguiente paso me introdujo en la legendaria guarida de los brujos del clan *Limbaku.*

Apenas puse los pies en el interior me quedé atónito al contemplar el aspecto de un lugar que me resultaba demasiado conocido: el mismo cuartucho, la mesa con sus dos sillas, las paredes y sus estantes adornados con idéntica colección de objetos e iluminado con las mismas lámparas de petróleo… Cuando la puerta se cerró a mis espaldas con un golpe seco, me sentí incapaz de reaccionar: tenía ante mis ojos el mismo apartamento de Matonge donde conocí a Mbele Libunga, a menos que se tratara de una réplica exacta. Todo era idéntico. Allí estaban las curiosas estatuillas acribilladas de clavos, o luciendo sus vientres hinchados de tierra cocida. Tampoco faltaban los diversos receptáculos de madera o de barro, casi todos ellos con sus correspondientes plumas pegadas mediante algo parecido a sangre seca.

Ni rastro de Libunga.

Después de recorrer todo aquello, mis ojos se fijaron en otra puerta situada al fondo de la estancia. Me dirigí allí.

Entré en un diminuto cuartucho que apestaba a humedad y mugre. En un rincón se apilaban huesos y restos humanos. Al examinarlos de cerca descubrí en ellos raspaduras y otras señales inequívocas de canibalismo. Sentí que respiraba con dificultad. ¿Estarían los restos de Astrid entre aquellos despojos? Loco de angustia empecé a explorar una por una las demás habitaciones hasta encontrar lo que buscaba. Tendido en un camastro cubierto por una vieja estera había un cuerpo cuya contemplación me produjo una emoción casi imposible de soportar:

Astrid.

Parecía muerta. Me precipité hacia ella y al tocarla sentí un inmenso alivio: aún respiraba, aunque débilmente. Estaba inconsciente.

–Todavía sigues en mis manos, *mondele* –dijo una voz conocida a mi espalda.

Mbele Libunga se encontraba de pie junto a la puerta. Percibí que algo había cambiado en él desde nuestro primer encuentro en Bruselas, aunque no supe definir muy bien qué era. Ahora vestía una especie de hábito de fino cuero cuya caída en pliegues suaves sugería la textura de la piel humana. Pero no era su indumentaria lo que más llamaba la atención: Libunga parecía ahora más alto, más fuerte, infinitamente más poderoso y seguro de sí mismo. Se apartó del hueco de la puerta y me invitó a pasar con un amplio gesto de su mano blanquecina.

–Ven por aquí, *mondele.* Sentémonos y acabemos esa charla que tú dejaste a medias.

–¡Devuelva a Astrid a la normalidad! –exigí con rabia–. ¿Qué le ha hecho?

–Ha bebido una pócima que la mantiene bajo el poder de mi voluntad. Ella no me interesa, sólo el *keta-konza.* Por eso os he hecho venir a los dos hasta aquí.

–¿Que usted nos...?

Me detuve en seco. ¿Era posible que durante todo este tiempo hubiese estado sirviendo a los propósitos del brujo? Entre tanto, Astrid había abierto los ojos y nos miraba con estupor. Me precipité hacia ella para abrazarla, pero no pareció reconocerme.

–Ven conmigo, *mondele* –insistió Libunga, dirigiéndose hacia la mesa–. Tenemos un asunto pendiente.

El albino se instaló en su silla y yo hice lo propio en la mía, quedando ambos situados de la misma manera que aquella mañana en Matonge. Todo parecía repetirse, como en esas pesadillas reiterativas propias de los delirios febriles. Una y otra vez.

Sin escapatoria posible.

Sin dejar de mirarme a los ojos, Libunga extrajo algo de los pliegues de su singular túnica: la mitad del *keta-konza* que Astrid se había llevado consigo. Yo hice lo propio con la mía y ambas quedaron enfrentadas sobre la rayada superficie de la mesa. Me pareció adivinar una energía tremenda acumulada en las dos partes del objeto, que brillaban con un resplandor apagado, pulsante. Coloqué la mano sobre mi parte del talismán y lo sujeté con fuerza. Intenté ceñirme al plan que había trazado, pero mi mente estaba confusa. Me costaba pensar con claridad.

–Esto es lo que usted quiere –dije–. Será suyo con la condición de que libere a Astrid y nos deje marchar. Mis amigos aguardan una señal mía, o de lo contrario vendrán a rescatarme.

El brujo soltó una ruidosa carcajada y sus rizos estropajosos se agitaron como los tentáculos de una gigantesca medusa anaranjada.

–Tus amigos nunca se atreverán a pisar esta isla: es un lugar vedado para ellos. Para tu desgracia, mi poder ha aumentado mucho desde la última vez que nos enfrentamos; hasta los demonios y espíritus del lago son ahora mis siervos, ya ni siquiera necesito la ayuda de los otros miembros del clan para dominarlos. Tú también estás en mis manos.

–Entonces nunca tendrá el *keta-konza.*

Sosteniendo con fuerza la mitad del talismán, intenté retirar la mano. Como ya hiciera en Matonge, el brazo de Libunga salió disparado y sus dedos se hincaron como una garra en la carne de mi antebrazo. Una vez más, todo se repetía.

Aunque algo había cambiado: esta vez estaba seguro de que iba a perder.

El factor sorpresa que me había servido en la primera ocasión ya no era posible ahora. Y ambos lo sabíamos.

–Habías pensado que un *mondele* listo iba a engañar con facilidad a un inculto brujo africano –rió Libunga–. La primera vez que nos vimos yo te di la posibilidad de salvar tu vida y la de tu chica, pero despreciaste mi ofrecimiento. Ya no habrá más oportunidades: el *keta-konza* es mío y vosotros seréis carne para el banquete de mi investidura como *Mokondji ya Nganga,* mi proclamación como jefe supremo de todos los brujos.

Su rostro espantoso hacía muecas y guiños a pocos centímetros de mi cara y su aliento podrido me asfixiaba. La mirada implacable de aquellos ojos rojos me quemaba el cerebro. Mi voluntad se desmoronaba hecha pedazos.

Todo estaba perdido para Astrid y para mí.

Capítulo vigésimo tercero

Intento fallido

GRUESAS lágrimas resbalaban por mis mejillas y todo mi cuerpo temblaba de dolor. La zarpa del brujo estrujaba mi brazo con una fuerza inhumana, y sus uñas se clavaban en mi carne como punzones afilados. Las fuerzas me abandonaban por momentos, y mi mano ya no podía sujetar el talismán, que empezó a escapar de mis dedos. Una vez más recordé mi plan inicial, y tuve que realizar un supremo esfuerzo para intentar llevarlo a la práctica. Pero tenía que actuar rápido.

Ya apenas me quedaba tiempo.

–Hay algo que no sabes y que puede cambiar la situación a mi favor –mi voz trataba de simular un aplomo del que yo carecía–. La misma magia que tanto veneras acabará destruyéndote.

El brujo aflojó un poco la presión, pero en su mirada se leía un perverso regocijo. Disfrutaba jugando conmigo, como suele hacer el gato con el ratón… antes de devorarlo.

–¿Magia dices? –rió–. Tú no posees ningún tipo de magia. Ni siquiera les queda magia a Kasongo, ni a Kwasa, la reina de las brujas del lago. Nadie en toda África tiene ya poderes capaces de derrotarme.

Tragué saliva con dificultad. Necesité un empeño sobrehumano para poder seguir hablando, para escoger bien las palabras a pesar de la confusión que reinaba en mi cerebro. Cada vez era más consciente de la fragilidad de mi plan, que amenazaba con desmoronarse de un momento a otro.

–Te equivocas, Libunga –logré farfullar–. Sí existe una magia capaz de derrotarte: la tuya. ¿Recuerdas aquel *nkisi* que ocultaste en mi armario de Bruselas? Pues bien, yo te lo he devuelto. Lo escondí en tu apartamento sin que te enteraras.

Una sombra veló por un instante el fulgor que ardía en la mirada del temible brujo albino. La presa de sus dedos se relajó otro poco.

–Eso es imposible –susurró entre dientes–. Un *mondele* no puede saber nada de esas cosas. Tampoco te creo capaz de entrar en mi santuario sin mi conocimiento.

–Yo sé que un *nkisi* puede volverse contra su propio dueño –proseguí–. Me lo dijo un amigo que estuvo muchos años viviendo en el Congo. Del mismo modo que los congoleños habéis asimilado cosas de los blancos, nosotros también hemos aprendido de vosotros.

–No lo creo –aulló mientras redoblaba la presión de su garra.

Mi tiempo se había agotado.

–También descubrí otro *nkisi,* aquel que ocultaste bajo la cama de Astrid, en el hotel Memling. Lo he traído conmigo y ahora está aquí, escondido entre el resto de tus cachivaches.

Entre guiños y parpadeos, los ojos del brujo empezaron a rodar en todas direcciones, recorriendo con ansiedad sus estanterías.

–Veo que ya me crees –elevé la voz para intensificar el efecto de mis palabras–. Seguramente has empezado a notar los efectos de tu propio *nkisi*... Por eso tu maldición del cocodrilo no funcionó conmigo. Ahora sabes que estás perdido.

Por un momento me pareció que me iba a soltar.

Pero no me soltó.

En lugar de eso redobló su presión y esbozó una sonrisa malévola.

–Reconozco que eres astuto, *mondele,* pero te has pasado de listo. Has estado a punto de engañarme, y tu truco habría podido funcionar con un brujo de menor categoría, pero nunca contra el *Mokondji ya Nganga.* Tu segunda afirmación es imposible, porque si al venir a Kanzanzalu hubieras llevado contigo uno de mis *nkisi,* Mbalakala lo habría descubierto.

Comprendí entonces que la batalla estaba perdida. Quizá fuera mejor rendirme sin lucha; tal vez si le entregaba lo que tanto ansiaba, Libunga perdería el interés por nosotros y nos dejaría en libertad. Ya me disponía a soltar el talismán cuando noté que algo extraño sucedía entre ambas partes del *keta-konza,* que de repente se atraían entre sí con la fuerza irresistible de dos poderosos imanes. El propio Libunga pareció sorprendido por el fenómeno, y ninguno de los dos pudimos evitar que ambos cocodrilos de malaquita colisionaran entre sí, quedando al instante fundidos en una sola pieza. En el centro de la mesa había ahora un objeto único, un símbolo de formas delicadas que resplandecía con un intenso fulgor azulado.

Apenas recobrado de su asombro, Libunga extendió rápidamente ambas manos para atraer hacia sí la nueva figura, y yo reaccioné del mismo modo. Forcejeamos así durante unos minutos, mientras yo notaba el progresivo aumento de temperatura del talismán, que palpitaba como un ser vivo entre mis dedos. La escena de la leyenda se repetía, y un nuevo temor me asaltó de pronto: ¿volvería a quebrarse el *keta-konza?* Advertí que el albino ganaba terreno poco a poco, cuando un repentino movimiento a mis espaldas me obligó a girar la cabeza.

La puerta se había abierto de par en par y una figura desconocida se precipitó hacia nosotros.

Todo sucedió tan deprisa que apenas pude reaccionar. Me limité a contemplar, con una mezcla de temor y fascinación, la figura ágil de una joven mujer africana que saltó hacia Astrid y la empujó con presteza hacia el exterior. Una vez Astrid fuera de la estancia y cerrada la puerta, la recién llegada regresó con la misma celeridad y se plantó frente a Libunga. A pesar de mi desconcierto ante aquella aparición repentina, sentí un profundo alivio al saber a Astrid fuera de la guarida del jefe del clan *Limbaku.*

–¡Kwasa! –exclamó el brujo, en cuyos ojos se percibía la sorpresa y una sombra de temor–. *¡Ndenge nini okokoma awa, na esanga na ngai!*

–*¡Esanga Kanzanzalu azali na yo te!* –replicó la aparición–. *Keta-konza azali mpo na yo te lokola.*

Aunque mis rudimentarios conocimientos de lingala apenas me permitían intuir el significado de aquella discusión, el tono de amenaza era tan evidente que sentí un escalofrío.

–*¡Okofuta ngai yangó! ¡Nakoboma yo! Nalingí kolía motema na yo mpo ba mamí-watá nyonso bakoyeba ngai nazalí mokondji ya bangó nyonso.*

Lejos de asustarse, la mujer sonrió con calma. Con su piel de ébano tersa y reluciente como recién salida del agua, su cuerpo esbelto y bien proporcionado tenía un porte majestuoso que invitaba al respeto. Había algo en la salvaje belleza de su rostro que me recordaba a la misteriosa Ningana, la joven pirata cuyas enseñanzas elementales me permitieron sobrevivir en el tramo final de mi aventura. Incluso sus ojos poseían el mismo brillo misterioso, un destello que aumentó hasta convertirse en un resplandor deslumbrante. Sentí una poderosa energía que emanaba del talismán y que trepaba a lo largo de mi brazo, infundiéndome nuevas fuerzas. Entendí que allí había una energía desconocida, capaz incluso de hacer arder aquella habitación en un instante.

–¡Las *mamí-watá* sois débiles! –bramó el albino, fulminando a la bruja con una mirada cargada de desprecio–. Ya no tenéis magia, no podéis derrotarme.

–Esta magia no me pertenece –respondió con suavidad la sirena-bruja, situándose junto a Libunga–. Procede de un poder que está por encima de nosotros dos. El *keta-konza* no ha sido creado para el uso que tú pensabas darle, y no se te permitirá apropiarte de él.

La temperatura del *keta-konza* era ya tan elevada que una espesa humareda azulada se desprendía de la superficie de la mesa, y la madera empezaba a arder alrededor del objeto. Una chispa pareció brotar del *keta-konza* y alcanzar a Libunga, cuya túnica de suave piel se inflamó al instante, como si estuviese empapada en gasolina... Mientras el brujo y la *mamí-watá* desaparecían de mi vista, envueltos en humo y llamas, observé que el brillo del talismán había cesado de repente. Entonces, instintivamente lo toqué y me quedé sorprendido: ahora estaba frío. Con un rápido movimiento lo recogí y lo guardé en mi bolsillo.

El calor del fuego empezó a ser tan intenso que me obligó a retroceder hasta la puerta. Allí me detuve, con una mano sobre el picaporte. Oí a mis espaldas los gritos del brujo, semejantes a los alaridos de una fiera moribunda. Vacilé. No podía huir así, abandonando a su suerte a la mujer desconocida que sin duda nos había salvado la vida. De nuevo intenté volver atrás…

El centro de la habitación se había convertido en un muro abrasador imposible de atravesar: las llamas se elevaban hasta el techo, cuyas vigas de madera habían empezado a arder. El espantoso hedor de la carne calcinada se mezclaba con la espesa humareda que invadía mis pulmones y se agarraba dolorosamente a mi garganta. Tenía los ojos espantosamente irritados, y en mis oídos atronaba el rugido ensordecedor del fuego. Comprendí que ya nada ni nadie podía permanecer con vida en el seno de aquel infierno que se devoraba a sí mismo. Mi cometido había terminado, y el destino de la misteriosa reina de las sirenas-bruja ya no estaba en mis manos. Reuniendo las escasas fuerzas que me quedaban, abrí la puerta y me precipité a través de aquella única vía de salvación.

Apenas cruzado el umbral me detuve en seco, incapaz de dar crédito a lo que veían mis ojos: Astrid no estaba a la vista, ni tampoco Isangu, ni siquiera tenía ante mí la desolada y pantanosa llanura de Kanzanzalu. En lugar de eso me encontraba en un rellano de viejas escaleras de madera. Al atravesar aquella puerta se había producido un cambio inexplicable. Incluso el postrer gañido de agonía de Libunga se había transformado en otro sonido mucho más familiar: la sirena de un coche de policía. Con la mente en blanco, bajé a trompicones aquellos escalones desgastados y salí del edificio.

Estaba en una calle de Bruselas, en la populosa barriada de Matonge.

Capítulo vigésimo cuarto

El círculo del *keta-konza* se cierra

PERMANECÍ un buen rato sobre la acera, inmóvil, ajeno al crepitar de las llamas a mi espalda y al trajín de los bomberos y policías que habían acordonado la zona. Un único pensamiento dominaba mi mente confusa:

Astrid.

Me sentía incapaz de razonar con claridad, pues una pregunta terrible se imponía a todas las demás y dominaba mis pensamientos: ¿qué había sido de Astrid? De pronto me di cuenta de que un fornido agente del orden se había fijado en mí y se acercaba señalándome con el dedo.

–¡Eh, usted! ¿Se puede saber de dónde diablos ha salido?

Aquella llamada me devolvió la capacidad de reaccionar. Giré sobre mis talones y salí corriendo hacia el grupo de curiosos que contemplaban el incendio, hasta que finalmente logré escabullirme entre ellos. Cuando comprobé que nadie me seguía, me detuve para recuperar el resuello.

Consulté el reloj que Astrid me había regalado, una de las escasas pertenencias que aún conservaba: la fecha era la misma de mi primera visita a Matonge, y la hora, las once menos veinte. Según el reloj, apenas habían transcurrido diez minutos desde que entré por primera vez en el apartamento del brujo de Matonge. Mi cabeza parecía a punto de estallar. Yo *sabía* que mi aventura había sido real. Podía recordar todos y cada uno de los detalles de aquel viaje: los rostros de las personas que había conocido, las emociones que había experimentado..., incluso el tacto de los objetos, los intensos aromas de la selva, los insólitos sabores de algunos alimentos. Y sobre todo la proximidad de Astrid, tan dolorosamente reciente.

¿Dónde habían ido a parar esos días de mi vida?

¿Dónde estaba realmente Astrid en este instante?

Noté que la gente me miraba con curiosidad y se volvía a mi paso. Al contemplar mi imagen reflejada en la luna de un escaparate comprendí el motivo: mis ropas estaban destrozadas, impregnadas todavía con restos del lodo viscoso de los pantanos de Kanzanzalu. Mi pelo se encontraba revuelto y chamuscado y mi piel tiznada de hollín. Pero nada de eso me importaba entonces. Seguí caminando como un zombi durante varios minutos, hasta que una certeza insólita empezó a imponerse en medio del caos que reinaba en mi mente.

Me precipité hacia una cabina telefónica. Por suerte, algunas monedas habían sobrevivido de forma milagrosa en el fondo de uno de mis bolsillos. Marqué el número de Bertrand Fougain.

La señal de llamada repiqueteó en mis oídos durante unos segundos que se me antojaron eternos. Hasta que por fin sonó el ansiado *click*.

–*Allô?*

Era la voz de Ivette.

Me aclaré varias veces la garganta sin poder responder.

–*Allô?* –Ivette se impacientaba.

Yo seguía mudo. ¡Tantas cosas dependían de ese instante!

Un sonido apagado me hizo comprender que se disponía a colgar. La voz surgió por fin de mi garganta como un grito desesperado, una angustiosa petición de auxilio.

–¡Ivette, soy yo!

–¿Perdón?

–Soy yo, Albert. Albert Huigens. Tienes que escucharme –supliqué.

–¿Albert? No te había reconocido. Tu voz suena muy rara. ¿Te ocurre algo?

–Puede que me ocurra algo de aquí a un instante, depende de lo que me digas ahora. Está... ¿Está Bertrand en casa?

Ivette permaneció un instante callada, como si evaluara mi grado de salud mental.

–¡Pues claro que está aquí! ¿Deseas hablar con él?

–¡Gracias a Dios! –exclamé en un sollozo–. ¡Gracias a Dios!

–Pero bueno, ¿se puede saber qué te pasa? Estás muy raro, Albert.

Mi corazón rebosaba de alegría cuando finalmente colgué el teléfono y me encaminé a casa. Ahora entendía el significado del *keta-konza:* el cocodrilo que se muerde la cola. El círculo infinito que se cierra una y otra vez.

Llegué a casa a tiempo de asearme y cambiarme de ropa antes de que mis padres me vieran en aquel estado lamentable. Eso me permitió ahorrarme un montón de complejas y poco creíbles explicaciones. Después me pasé el día tumbado en la cama, meditando y tomando unas cuantas decisiones. No sucedió nada digno de mención hasta la tarde, cuando llamaron a la puerta y apareció mi madre con un misterioso sobre de color azul en la mano. Era un telegrama, fechado en Mbandaka ese mismo día.

El texto era escueto:

«He llegado bien, aunque estoy muy disgustada. Mi parte del talismán ha desaparecido durante el viaje. Te echo mucho de menos. Besos. Astrid.»

Cavilando sobre cuál sería la mejor forma de plantearles a mis padres mi decisión definitiva, fui derecho hacia el armario y empecé a preparar las maletas.

Esta vez llevaría menos medicinas.

Epílogo

En esta ocasión era mi amigo Bertrand quien conducía con agilidad por la autopista A-201, rumbo a Zaventem. El aire que penetraba por las ventanillas abiertas transportaba hasta mi olfato idénticos olores a asfalto caliente y a gases de tubos de escape. Incluso el aeropuerto de Bruselas presentaba el mismo aspecto que el día de la marcha de Astrid. Pero en esta ocasión yo era el viajero.

Una vez en el interior de la terminal y facturado el equipaje, mi amigo y yo nos sentamos junto a una mesita de la sala de espera. Alguien había olvidado un periódico atrasado sobre uno de los asientos; estaba abierto por la página de sucesos, y enseguida me fijé en una discreta columna:

MISTERIOSO INCENDIO EN MATONGE

Sigue sin conocerse la causa del incendio registrado en un viejo inmueble del barrio de Matonge. Tampoco se ha po-

dido identificar el único cadáver hallado entre los escombros, al estar su cuerpo totalmente calcinado e irreconocible. Los vecinos opinan que se trata del propio inquilino del piso, un congoleño llamado Mbele Libunga que, al parecer, se dedicaba a la práctica de rituales de ocultismo y hechicería.

La policía sigue investigando.

Sonreí con satisfacción mientras mi amigo me observaba con aire pensativo.

–Esa historia me sigue pareciendo increíble –me confesó–. Si no te conociera mejor, sospecharía que te la has inventado para justificar tu repentino deseo de viajar a África.

–¿Me crees capaz de recurrir a un pretexto así? Hubiera bastado con reconocer que no puedo vivir lejos de Astrid.

–Eso ya lo sé –Bertrand se alejó un momento hacia una máquina de refrescos (la misma que había utilizado Astrid) y regresó con un par de latas de lima-limón–. ¿Quieres que te diga lo que pienso de tu extraña aventura?

–Adelante.

–Es demasiado complicada para que alguien como tú se la haya inventado. Por eso tengo otra explicación.

–Me encantaría conocerla.

En ese instante, los altavoces anunciaron la inminente salida de mi vuelo. Recogí mi equipaje de mano y me encaminé hacia la puerta de embarque. Bertrand me siguió.

–Creo que fue ese tal Libunga quien te metió todo eso en la cabeza mientras os peleabais por el talismán –dijo.

–¿Ahora crees en la telepatía?

–Bueno, en África he visto cosas parecidas. Más que telepatía es una forma de sugestión subliminal, algo así como alucinaciones dirigidas que…

–Me da igual lo que sea –atajé–. Me enseñaste que en África se piensa de manera distinta, que allí cambian los conceptos de tiempo, de distancia... Incluso de realidad. Allí cualquier cosa es cierta si se cree en ella, y para un africano carece de sentido cuestionárselo todo, como hacemos los europeos. Pues bien, ahora yo me siento un poco africano.

Una azafata aguardaba impaciente mi tarjeta de embarque. Bertrand y yo nos despedimos con un efusivo abrazo.

–En cualquier caso –concluyó–, te deseo buen viaje y feliz estancia en el Congo. Y si quieres un último consejo, procura mantenerte alejado de los brujos y de los *nkisi.*

–Adiós, Bertrand. Cuídate mucho, y cuida también de Ivette. Es una mujer estupenda.

–Eso ya lo sé. Adiós, Albert.

Cuando las azafatas retiraron las bandejas de la cena, las luces se atenuaron y la presión en la cabina disminuyó unos cuantos milibares (un truco utilizado por algunos pilotos para favorecer el sueño de los pasajeros). El interior del avión me hizo recordar el vuelo donde se inició mi increíble aventura, aunque en lugar de aquel compañero pesado y aguafiestas, ahora tenía a mi lado a una simpática anciana que ya dormía como una bendita. Tampoco mi estado de ánimo era el mismo, pues sabía que Astrid estaba sana y salva y muy pronto me reuniría con ella... Aunque antes de eso tenía una misión que cumplir. Debía visitar a unos amigos para devolverles algo que les pertenecía...

Tras comprobar que todos dormían plácidamente en aquel vuelo nocturno, me acomodé lo mejor que pude en mi butaca, dispuesto a imitarlos. A través de la tela del bolsillo percibía las formas suaves y pulidas de los dos cocodrilos de malaquita, ahora fundidos en una sola pieza y completamente fríos. Me dormí pensando en cierto compromiso que tendría que atender antes de poder reunirme por fin con Astrid.

Índice

Títulos publicados

1. Robert Swindells, *Calles frías*
2. Heinz Delam, *La maldición del brujo-leopardo*
3. José María Latorre, *Una sombra blanca*
4. Oriol Vergés, *Un pueblo contra los Hamid*
5. Anja Tuckermann, *Muscha*
6. Manuel L. Alonso, *Malos pasos*
7. José Luis Velasco, *Atrapado en la oscuridad*
8. Käthe Recheis, *Londres, 13 de julio*
9. Alfredo Gómez Cerdá, *El beso de una fiera*
10. Concha López Narváez y Carmelo Salmerón, *El visitante de la madrugada*

13. Fernando Lalana, *El paso del estrecho*
15. Heinz Delam, *La selva prohibida*
16. Jordi Sierra i Fabra, *Retrato de un adolescente manchado*
17. Uri Orlev, *Soldados de plomo*
18. José María Latorre, *La leyenda del segundo féretro*
19. Els de Groen, *Casa sin techo*
20. Eliacer Cansino, *El misterio Velázquez*
22. Jordi Sierra i Fabra,
    Un hombre con un tenedor en una tierra de sopas
24. Vicente Muñoz Puelles, *La isla de las sombras perdidas*
26. Christian Grenier, *El ordenador asesino*
27. Heinz Delam, *Likundú*
28. Concha López Narváez y Miguel Salmerón, *Hola, ¿está María?*
29. José María Latorre, *Pueblo fantasma*
30. Alfredo Gómez Cerdá, *La última campanada*

31. José Ramón Ayllón, *Vigo es Vivaldi*
33. Jordi Sierra i Fabra, *97 formas de decir «te quiero»*
34. Carmelo Salmerón, *La Rueda de Satán*
35. Zoran Drvenkar, *El hermano*
36. Alfredo Gómez Cerdá, *La luz de las estrellas muertas*
37. Luchy Núñez, *¿Quién dijo viejo?*
38. Juana Aurora Mayoral, *Seis cerezas y media*
39. Santiago Herraiz, *Amordazados*
40. José María Latorre, *La mano de la momia*
41. Marisol Ortiz de Zárate, *Los enigmas de Leonardo*
42. José Ramón Ayllón, *Diario de Paula*
43. Concha López Narváez, *Los pasos del miedo*
44. Santiago Herraiz, *Jaque en la red*
45. Marcos Maldonado, *Escrito en la frente*
46. Fernando Lalana, *Amnesia*
47. Jordi Sierra i Fabra, *En una esquina del corazón*
48. Évelyne Brisou-Pellen, *Veneno y chocolate*
49. Roberto Vivero, *Hello Goodbye*
50. Heinz Delam, *La noche de las hienas*
51. Marcos Maldonado, *El depredador*
52. Jordi Sierra i Fabra, *Sin tiempo para soñar*
53. Carolin Philipps, *El precio de la verdad*
54. An Alfaya, *La sombra descalza*
55. Francisco Díaz Valladares, *La venganza de los museilines*
56. José María Latorre, *Después de muertos*
57. Marcial Izquierdo, *El último día de mi vida*
58. Francisco Díaz Valladares, *El último hacker*
59. Carlos Puerto, *Zumo de mango*
60. Jordi Sierra i Fabra, *Los olvidados*

PARALELO CERO

Este libro se terminó
de imprimir en los
talleres gráficos
de Unigraf, S. L.,
en el mes de noviembre de 2008